明《あけ》屋《や》敷《しき》番《ばん》始末

北町奉行所捕物控⑦

長谷川 卓

祥伝社文庫

目次

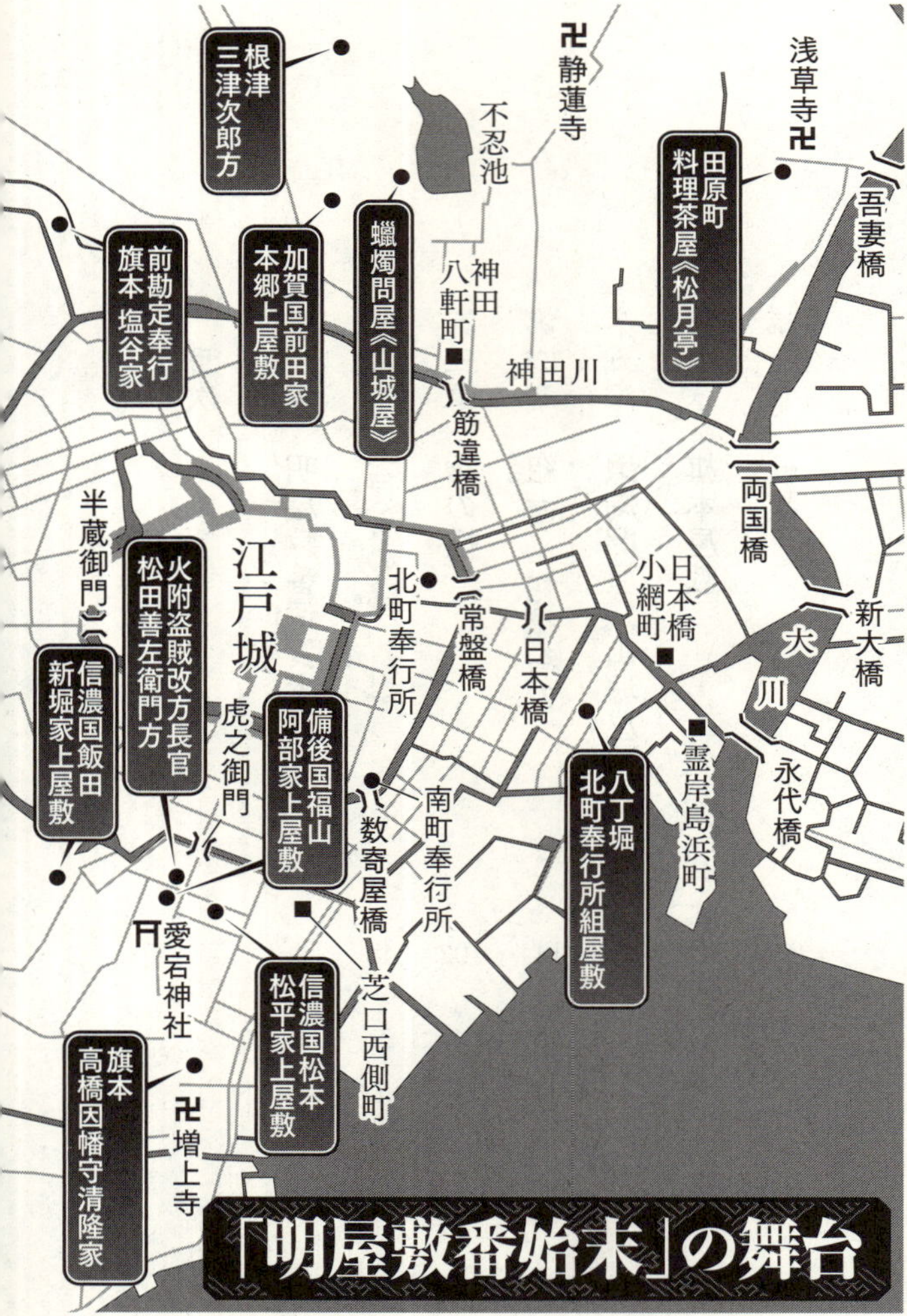

根津
三津次郎方
静蓮寺
浅草寺
不忍池
田原町
料理茶屋《松月亭》
吾妻橋
前勘定奉行
旗本 塩谷家
加賀国前田家
本郷上屋敷
蠟燭問屋《山城屋》
神田
八軒町
神田川
筋違橋
両国橋
半蔵御門
江戸城
北町奉行所
常盤橋
日本橋
日本橋
小網町
新大橋
大川
火附盗賊改方長官
松田善左衛門方
信濃国飯田
新堀家上屋敷
虎之御門
備後国福山
阿部家上屋敷
数寄屋橋
南町奉行所
八丁堀
北町奉行所組屋敷
霊岸島浜町
永代橋
愛宕神社
芝口西側町
信濃国松本
松平家上屋敷
旗本
高橋因幡守清隆家
増上寺

「明屋敷番始末」の舞台

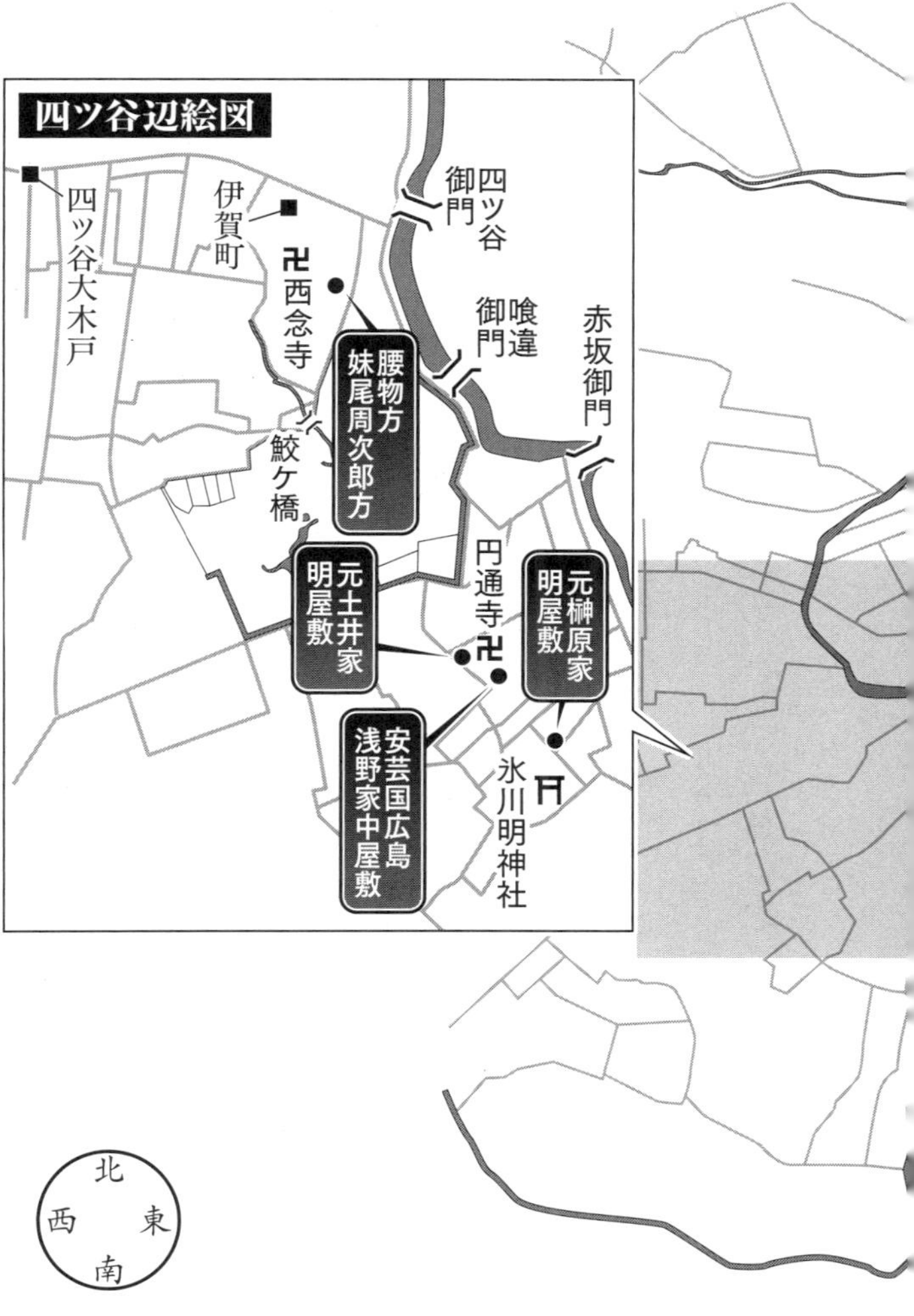
四ツ谷辺絵図
四ツ谷大木戸
伊賀町
西念寺
四ツ谷御門
喰違御門
赤坂御門
腰物方妹尾周次郎方
鮫ケ橋
元土井家明屋敷
円通寺
元榊原家明屋敷
安芸国広島浅野家中屋敷
氷川明神社
北
西
東
南

【主要登場人物紹介】

北町《きたまち》奉行所《ぶぎょうしょ》臨時《りんじ》廻《まわ》り同心《どうしん》
　鷲津軍兵衛《わしづぐんべえ》
　妻女　栄《えい》
　息《そく》　周一郎《しゅういちろう》（幼名・竹之介《たけのすけ》）
　養女　鷹《たか》
　御用聞《ごようき》き　小網町《こあみちょう》の千吉《せんきち》
　手下《てした》　新六《しんろく》、佐平《さへい》
　中間《ちゅうげん》　春助《はるすけ》

北町奉行所臨時廻り同心
　加曾利孫四郎《かそりまごしろう》
　御用聞き　霊岸島浜町《れいがんじまはまちょう》の留松《とめまつ》
　手下　福次郎《ふくじろう》

北町奉行所定廻《じょうまわ》り同心
　小宮山仙十郎《こみやませんじゅうろう》
　御用聞き　神田八軒町《かんだはちけんちょう》の銀次《ぎんじ》
　手下　義吉《よしきち》、忠太《ちゅうた》

北町奉行所定廻り筆頭《ひっとう》同心
　岩田巌右衛門《いわたがんえもん》

北町奉行所例繰方《れいくりかた》同心
　宮脇信左衛門《みやわきしんざえもん》

北町奉行所隠密廻《おんみつまわ》り同心
　武智要三郎《たけちようざぶろう》

北町奉行所年番方与力《ねんばんかたよりき》
　島村恭介《しまむらきょうすけ》

北町奉行所内与力《うちよりき》
　三枝幹之進《さいぐさみきのしん》
火附盗賊改方《ひつけとうぞくあらためかた》
　長官　松田善左衛門《まつだぜんざえもん》
　同心　土屋藤治郎《つちやとうじろう》
腰物方《こしものかた》
　妹尾周次郎景政《せのおしゅうじろうかげまさ》
　中間　源三《げんぞう》
御試御用《おためしごよう》
　山田浅右衛門《やまだあさえもん》
黒鍬者《くろくわもの》・故押切玄七郎《おしきりげんしちろう》の娘
　蕗《ふき》

明屋敷番伊賀者《あけやしきばんいがもの》
　組頭《くみがしら》　柘植石刀《つげいわと》
　小頭《こがしら》　桜井頼母《さくらいたのも》
　小頭　望月十郎太《もちづきじゅうろうた》
西念寺《さいねんじ》塔頭《たっちゅう》孤月庵《こげつあん》・覚全《かくぜん》
香具師《やし》の元締《もとじめ》
　蛇骨《じゃこつ》の清右衛門《せいえもん》
　配下　得治《とくじ》
根津《ねづ》の三津次郎《みつじろう》

第一章　明屋敷番伊賀者《あけやしきばんいがもの》

一

安永《あんえい》六年（一七七七）二月十七日――。

夜に入り、雨脚《あまあし》が強くなった。熄《や》みそうな気配はない。

明屋敷番伊賀者小頭《あけやしきばんいがものこがしら》・望月十郎太《もちづきじゆうろうた》は、玄関先の軒《のき》から棒のように落ちる雨水を見詰めていた。

患《わずら》って一年、配下の横田左兵衛《よこたさへえ》が眠るように逝《い》って数刻が経《た》っていた。苦しまずに逝ったことが、遺《のこ》された者にとっては唯一の救いであった。

組屋敷の路地に足音が聞こえた。ぬかるんだ道に草鞋《わらじ》が取られている。すすぎ桶《おけ》を見た。水が少ない。

急ぎ、水を汲《く》んでくるように、と川尻市兵衛《かわじりいちべえ》に命じた。川尻が桶に手を掛けるのと同時に、私が、と言って小寺善八郎《こでらぜんぱちろう》が水を汲みに走った。

玄関口に大きな男が立った。

蓑《みの》を纏《まと》い笠《かさ》を被《かぶ》っているので、一《ひと》回り大きく見える。

西念寺《さいねんじ》の塔頭《たっちゅう》孤月庵《こげつあん》の僧・覚全《かくぜん》であった。西念寺は、半蔵《はんぞう》御門にその名を遺す伊賀組棟梁《とうりょう》であった服部半蔵《はっとりはんぞう》が、徳川信康《とくがわのぶやす》の菩提《ぼだい》を弔《とむら》うために建立《こんりゅう》した寺であり、伊賀者の菩提寺である。

「お待ちしておりました」

「…………」

覚全はものも言わずに笠を取り、蓑を脱ぐと、供の小僧に渡した。小僧は板壁の前の蓑の山にそっと載せた。

すすぎ桶に水が注《そそ》がれた。覚全は怒ったように目を光らせたまま足をすすぐと、望月の目を睨《にら》み付けた。何を言おうとしているのか、望月には分かっていた。

孤月庵で、そのことを話し合ったことがあった。意を決する時なのかもしれない。

望月は身体《からだ》を脇に寄せ、覚全を奥へと導いた。奥と言っても、板の間に続く薄《うす》縁《べり》敷《じ》きの小部屋に過ぎない。

乏《とぼ》しい明かりの底に、横田左兵衛の亡骸《なきがら》が頭を北に向けて横たえられていた。病《や》みつかれた身体は驚く程薄く、ひとの形をした敷物のようだった。

覚全は横田の新造《しんぞう》と嫡男《ちゃくなん》、そして組頭の柘植石刀《つげいわと》に頭を下げてから、亡骸の顔を覆《おお》っていた白布を取った。頬《ほお》がこけて窪《くぼ》み、歯が飛び出して見えた。まだ若いと言える年頃だというのに、血気盛《けっきさか》んに仕事をこなしていた頃の生き生きとした面影《おもかげ》はどこにもなかった。

覚全は合掌《がっしょう》すると、居住まいを正し、読経《どきょう》を始めた。雨に濡《ぬ》れた僧衣《そうえ》のところどころが、蠟燭《ろうそく》の火を受け、鈍《にぶ》く光っていた。

蠟燭は葬儀であるがゆえに伊賀組から特別に下げ渡されたものだった。ささやかな奢《おご》りの灯《ともしび》であった。

伊賀者の俸禄《ほうろく》は、三十俵《ぴょう》三人扶持《ぶち》。葬家も貧しければ、会葬する者も貧しかった。

会葬者の目が、時折《ときおり》喪主《もしゅ》の母子《おやこ》に注がれる。嫡男は、六歳だった。元服《げんぷく》し、出仕《しゅっし》が適《かな》うまでの間、俸禄は半減されることになる。今でさえ、組の者すべてが、内職に支えられての暮らしである。母子に救いの手を差し伸べる余裕はない。俸禄が半減されての暮らしがどれ程苛酷《かこく》なものになるのか、誰もが母子の明日に思いを致しながら香を焚《た》き、掌《てのひら》を合わせた。

読経を終えた覚全が悔やみの言葉を口にし、立ち上がった。帰るのである。柘植石刀が酒を勧《すす》めたが、首を僅《わず》かに横に振り、戸口へと向かった。

望月十郎太が見送りに立った。

蓑を纏い、笠を被りながら覚全は望月の目を見た。望月も見返した。覚全が頷《うなず》いた。少し遅れて、望月も頷いた。

二月十九日。宵《よい》五ツ（午後八時）。

赤坂《あかさか》御門と虎之《とらの》御門の間、氷川明神社《ひかわみょうじんしゃ》に程近いところに明屋敷があった。一年前までは越後《えちごの》国高田《たかだ》、榊原《さかきばら》家十五万石の屋敷であったが、屋敷替えとなり、それ以後は明屋敷番が常駐《じょうちゅう》し、三月毎《みつきごと》に交替で約七千坪の家屋敷を警備していた。二月からは笠原吉右衛門《かさはらきちえもん》と小寺善八郎が詰めていた。

大名家や旗本《はたもと》家の屋敷は、各々《おのおの》の家が勝手に建てるものではなく、御公儀《ごこうぎ》から拝領《はいりょう》するものである。そのため、時には屋敷替えを命じられ、別の屋敷に移らねばならなくなる。元の屋敷は、直《す》ぐに他家が入ることもあれば、暫《しばら》くの間無住《むじゅう》になることもある。これを明屋敷と呼び、明屋敷番伊賀者がその管理に当たった。明屋敷は、場所などの条件により、常駐の詰め番を置くところと見回りでよしとするところのふたつに分けられた。

この夜――。

屋敷の一部屋に手燭《てしょく》の仄明《ほのあ》かりを囲むようにして、四つの影が集《つど》っていた。

四つの影は、小頭の望月と配下の川尻、小寺、笠原である。

「手柄を立て、伊賀者の地位を上げられるような大戦《おおいくさ》がなくなってから、久しい。我ら伊賀者は子々孫々《ししそんそん》まで三十俵三人扶持で我慢するしかない。しかるにだ。有徳院《ゆうとくいん》（八代将軍吉宗《よしむね》）様が紀州《きしゅう》から連れて来られた御庭番《おにわばん》はどうだ？　我らのような技がないにも拘《かか》わらず、御目見《おめみえ》以上、両御番《りょうごばん》（御小姓《おこしょうばん》番と御書院番《ごしょいんばん》）格となり、二百俵の俸禄を賜《たまわ》っている。我ら伊賀の里を祖《そ》とする伊賀者が、御目見も適わぬ下位にあるというのに、だ」

望月は、それぞれの顔を見回すと、言葉を続けた。

「伊賀者は、かつての忍びではなく、ごく当たり前の貧乏御家人でしかない、と嘲《あざけ》る輩《やから》もおる。だが、我ら明屋敷番はそうではない。我らには腕が、技がある。

腕を見せ付ける場がないだけで、御庭番どころか、武士《もののふ》の本分《ほんぶん》をもわきまえぬ昨《さっ》今《こん》の大名旗本などが逆立ちしても及ばぬ技量《ぎりょう》がある。そうあるべきであるし、そのように習練《しゅうれん》を積んで来た、と胸を張って言えるであろう。だが、今、我らは不当に低い地位にある。横田左兵衛の葬儀のありさまを何と思う。律儀《りちぎ》な左兵衛はただの一度も御役目をないがしろにしたことなどなかった。風雪を厭《いと》わず明屋敷番の任をまっとうし、その挙《あ》げ句《く》、病に果てた。その倅《せがれ》が幼いから、まだ役に立たぬから、と俸禄を半減するとは言語道断《ごんごどうだん》ではないか。半減されれば、僅かに十五俵なのだぞ。生きていくことなどとても出来ぬ相談だ。それでなくとも、横田の家は、横田の薬料で借財《しゃくざい》を負っておる。覚えておろう、横田の御新造は左兵衛の薬料を捻《ひね》り出すために、土間に額《ひたい》を擦《こす》り付けて頼んで歩いておった。我らも出来る限りのことはしたが、元々寂しい限りの懐《ふところ》だ。何ほどの助けにもなれなんだ」

「…………」

川尻が唇《くちびる》を噛《か》んだ。

「今宵お主らに集まってもらったのは他でもない。私の決意に従ってもらいたいがためだ。川尻には既に話し、志《こころざし》を同じくする者との確信を得た。笠原、小寺。お主らを呼んだのは、川尻と私で決めたことだ」

笠原と小寺は川尻に目を遣《や》ってから、望月に向き直った。

笠原が問うた。

「どのようなご決意でしょうか。承《うけたまわ》りたく存じます」

「我らの技をもって、財の有り余っている大名家や旗本家から金子《きんす》を頂戴《ちょうだい》し、それを伊賀者に分け与えるのだ」

「盗み、ですか」

笠原が目を見開き、小寺が息を呑《の》んだ。望月は動じなかった。

「確かに、盗みと言えよう。だがな、相手も武士だ。常日頃鍛錬《たんれん》を怠《おこた》っていなければ、防げよう。戦と考えてもらいたい」

「しかし、露見《ろけん》すれば……」

「笠原、お前は大名家の見回りの者に見付かり、捕《と》えられるような腕か」

「まさか」

「小寺、お前と御新造は幾《いく》つの内職をし、如何程《いかほど》の労賃を得ておる？　倅が病に罹《かか》った折、どうした？　医者を呼べたか」

「…………」

小寺は俯《うつむ》いた。笠原は、小寺を横目で見、望月に尋《たず》ねた。

「盗んで、ばら撒《ま》くのですか」

「そのようなことはせぬ。それでは人目《ひとめ》を引こう。あるところに預け、そこから借りるという形を取るつもりだ」

「返さねばならぬのでは、同じことではないですか」小寺が訊《き》いた。

「心配は無用だ。借入《かりい》れは形だけのことで、返済はなしだ」

「何と」

「例えば、横田の倅が借りるとする。元服するまで利子《りし》を払うことなく、借り続けることが出来、しかも、元服以後も必要とあらば借りられるのだ。どうだ？」

「そのような都合のよいことが……」

笠原の眼差《まなざ》しには拭《ぬぐ》い切れぬ疑念があった。

「出来る。十分に考えてあることだ」望月は力強く言った。

「………」笠原と小寺は、顔を見合わせた。やがて、

「いつまで、盗みを続けるのですか」と笠原が言った。

「必要な額を蓄《たくわ》えるまで、だ。明屋敷番は組頭が四人、組頭の下に小頭が各四人、各々の小頭の下にそれぞれ五人の者が付く。つまり、御役に就いているのは

百家だ。他に控えが十一家。すべての家を合わせると百十一家になる。その全家が年に十両借りたとして、一千百十両。それが十年続いたとして、一万一千一百両。出来れば、それぐらいは蓄えたいと思うておる」

「一万一千一百両……」

「想像も付きませぬな」

笠原と小寺はまたも目を見交《みか》わしている。

「一度にどれ程頂戴出来るものか、見当も付かぬが、大身《たいしん》の大名家と旗本家を狙《ねら》えば、困難な金高ではないはずだ」

「しかし、盗みを続けてゆけば、警備も厳しくなりましょう？」小寺が訊いた。

「で、あろうな。だが、高《たか》が知れている。それに、家名と体裁《ていさい》を保つことだけに汲々《きゅうきゅう》としている大名家や旗本家が、はい、盗まれました、と即刻大目付《そっこくおおめつけ》や目付に届け出ると思うか」

「いいえ」小寺が答えた。

「届けが幾つも出、うるさくなったら鳴《な》りを潜《ひそ》めておればよい。それまでに、盗めるだけ盗んでおくのだ」

「…………」

「尻込《しりご》みする理由《わけ》がどこにある。己の技量を信じろ」望月が叫ぶようにして言った。「成程《なるほど》、盗みは天下の御法《ごほう》に背《そむ》くものだ。だがな、こう考えてはどうだ。我らが当然得るべきものを、我らの代わりに間違って得てしまっている輩から取り戻すのだ、と」

「………」

「力を貸してはくれぬか。誰のためでもない。伊賀衆、皆のためだ。我らが生き残るためなのだ」

「川尻は……やるのだな」笠原が川尻に訊いた。

「無論《むろん》だ。父も母も、金で苦労して死んだ。俺も苦労している。もう貧乏は沢山《たくさん》だ。今やらねば、いずれ皆、横田の二の舞になる」

「やるのは、この四人だけなのですか」小寺が望月に尋ねた。

「もうひとりいる。阿久津徳三郎《あくつとくさぶろう》だ」

「どうして阿久津は、ここに来ていないのですか」

「阿久津は川尻と組んで詰め番をしている。ふたりが揃《そろ》って来ては、明屋敷が留守《るす》になってしまうのでな。今夜は屋敷に残ってもらっている」

川尻と阿久津は、三河国《みかわのくに》刈谷《かりや》、土井《どい》家二万三千石が一年前まで拝領していた明屋敷に詰めていた。赤坂御門と紀州徳川家上屋敷に沿って南西方面に進んだところである。

望月配下の者は、川尻、阿久津に笠原と小寺、そして村岡酉助《むらおかとりすけ》の五人である。阿久津も加わっているとなると、病床に臥した横田左兵衛の補充として、一年近く前に新たに配属された村岡と、笠原と己以外は望月に与《くみ》していることになる。村岡は、加わっているのですか、と小寺が訊いた。

「いや、誘うてもおらぬ」

「それはまた、何ゆえに？」

「知っての通り酉助は、身体が弱い。いざという時、足手纏《あしでまと》いになっては困るのだ。それに酉助は見回りだからな。他の者の動きには疎《うと》い。我らの企みに気付く恐れはないだろう」

見回りの者は詰所《つめしょ》に出仕し、割り当てられた明屋敷を見て回り、組屋敷に戻る、という勤め方であった。

「分かりました。やりましょう。いや、やらせていただきます。お加え下さい」

小寺が身を乗り出した。

「最後にひとつ、伺《うかが》いたいのですが」笠原が言った。

「何だ？　吉右衛門は、まだ迷っているのか」小寺が、口を尖《とが》らせた。

「そうではない。ないが……」

「構《かま》わぬ。疑念を抱いたままでは困る。何だ？」

「頂戴した金子は、あるところに預ける、と小頭は仰《おっ》しゃいましたが、どこに、でしょうか」笠原は望月の目を見詰めた。

「それは、拙僧に任せてもらおう」

奥の襖《ふすま》がするりと開き、大きな黒い影が座敷に入って来た。覚全であった。

笠原と小寺が、驚き慌《あわ》てて覚全を見上げた。

「これまでの話はすべて、覚全様がお考え下さったことだ」望月が言った。

「すると、寺へお預けする形になるのでしょうか？」笠原が尋ねた。

「それでは具合《ぐあい》が悪かろう。我らは互いになるべく会わぬ方がよい。このことは、決して公儀に知られてはならぬのだからな。金を預けるのは町屋の者だ」覚全が言った。

「と、申しますと？」小寺が訊いた。

「商人《あきんど》が伊賀者の窮《きゆうじよう》状に同情し、無利子で貸す、という形を取る。既に話は付けてある」

「何と」笠原が驚き目を丸くした。

「得心《とくしん》してくれたか」

覚全が黒い僧衣の袖《そで》を左右に広げながら、ふわりと座った。

「お任せいたします」笠原が答えた。

「では、加わってくれると言うのだな？」

「勿論《もちろん》でございます」

「そうか、よく決意してくれた。太平《たいへい》の眠りを貪《むさぼ》る腑《ふ》抜《ぬ》けた武士どもに鉄槌《てっつい》を下《くだ》してやれ」覚全が言った。

「まずは、横田の家を何とかしてやらねばならぬ。早急《さっきゅう》に動くぞ」

望月が言った。川尻が力強く頷き、尋ねた。

「決行するのですね？　どの御家でしょうか」

「目星《めぼし》は付けてある。案ずるな」望月が言った。「何ごとも覚全様がご差配《さはい》下さるゆえ、大船《おおぶね》に乗った気でおればよいわ」

「はっ」

望月の声に、笠原と小寺は声を合わせて応《こた》えた。

二

二月二十三日。九ツ半（午前一時）。

愛宕下《あたごした》の大名小路《だいみょうこうじ》と愛宕神社の下を流れる桜川《さくらがわ》を結ぶ小路を薬師《やくし》小路と言う。この薬師小路に備後国《びんごの》福山《ふくやま》、阿部《あべ》家十万石の上屋敷があった。十万石の家屋敷は約七千坪。そのぐるりの大半は、藩士らの居住する二階建の長屋となっていたが、土塀が囲んでいるところもあった。

長屋沿いに、足音も立てずに走り来る三つの影があった。望月と笠原と阿久津である。川尻と小寺は明屋敷に残り、それぞれひとりでふたり分の見回りをしている。

三人は、既に忍びの装束《しょうぞく》に改めていた。愛宕山の樹木の茂《しげ》みの中で着替え、脱いだ羽織《はおり》袴《はかま》を風呂敷《ふろしき》に包み、木の枝に縛《しば》り付けて来たのである。首尾《しゅび》よく盗みが成れば着替えて帰り、もし忍び込んだことが露見した時は、風呂敷はそのまま打ち捨てる。そのため、風呂敷の中には身性《みじょう》を明かすものは何も入れていなかった。

三人は、左右を見回した。ひとの気配はない。

行くぞ。望月が目で言った。

笠原が土塀に走り寄り、振り向いて塀を背に中腰となり、組んだ両手の指を右膝《ひざ》に置いた。阿久津が笠原に走り寄り、膝に足を掛ける。笠原が組んだ手を撥《は》ね上げると同時に、阿久津が土塀の瓦屋根《かわらやね》に飛んだ。次《つ》いで、望月が宙を舞い、見張りの有無を確かめた後、笠原を引き上げた。

土塀を下り、庭の植え込みを走り抜け、渡り廊下の下を伝《つた》って書院の軒下に出た。賊《ぞく》が床下に潜り込めぬよう、格子《こうし》が堅牢《けんろう》に嵌《は》め込まれている。ところが、それは表向きのことで、格子の一部は、容易《ようい》に外れるようになっていた。大名らの動静を探り取るため、公儀があらかじめ仕掛けたものである。明屋敷番ならそれらの位置は熟知していたし、外し方も心得ていた。

また、同じことが床板についても言えた。釘留《くぎど》めされていない場所があるのだ。これらの仕掛けを詳細に記した絵図面があった。それらの管理を任されているのも、明屋敷番だった。

望月がこの屋敷に明屋敷番として詰めていたのは、三年前のことになる。絵図面を調べなくとも、どこの格子が外れるか、どこの床板が釘留めされていないか、隅の隅まで知り尽くしていた。だからこそ、阿部家を最初の獲物に選んだのだ。

表書院《おもてしょいん》の床下を通り、小書院の下を潜《くぐ》り、料理の間の格子を抜けた。表を過ぎ、中奥《なかおく》に入った。

大名家の上屋敷は、表、中奥、奥の三つから成る。表は政務を執り行なう場であり、中奥は藩主が寝起きする生活の場である。望月らが狙いを付けたのは、正室が住まう奥だった。

御座《ござ》の間と御寝《ぎょしん》の間を過ぎ、中奥と奥を隔《へだ》てる塀に出た。塀を飛び越した。

静まり返っている。

床下に入り、釘留めのしていない床板を僅かに押し上げた。真の闇《やみ》の中から黴《かび》が微《かす》かににおった。納戸《なんど》のにおいでもあった。床板を脇に置き、望月が納戸に上がり、耳を澄ました。見回りの気配も、ひとが起きている気配もなかった。寝静まっている。笠原と阿久津に上がって来るよう鼠《ねずみ》の鳴き声を真似《まね》て合図《あいず》をした。

闇に手を伸ばし、板戸を探り、細く開けた。板廊下に、ほんのりと滲《にじ》むような明かりが射《さ》していた。板廊下の隅に置かれた網行灯《あみあんどん》の明かりだった。

奥の女中頭が使う座敷の見当は付いていた。

使い勝手から、大名屋敷の部屋割りは、誰が主《あるじ》となろうとも、ほぼ同じであった。

廊下の隅を伝い、奥へ向かった。

襖に耳を寄せ、中の様子を窺《うかが》う。微かにだが、寝息が聞こえて来た。

襖を開けた。寒々とした座敷があり、襖一枚隔てた向こうの座敷で寝息が立っている。

望月は阿久津に廊下を見張っているように指文字で伝え、笠原をともなって奥へ進み、襖に手を掛けた。

寝息が熄んだ。

望月の手が止まった。間もなくして、盛大に息を吐き出すと、再び穏やかな寝息が襖の向こうを満たした。

望月は襖をそっと開き、座敷の中に滑り込んだ。枕許《まくらもと》に、小さな明かりの灯《とも》された行灯が置かれている。座敷の中が、仄かに見えた。

奥を取り仕切る女中頭の座敷である。小さいながらも床の間と違い棚があった。

袋戸棚を開けた。塗りの箱が収められている。奥向御用《おくむきごよう》の金子だ。取り出し、中を探った。

切餅《きりもち》が六つ入っていた。百五十両である。他に何かないかと探ったが、金目のものはなかった。

初めて見る大金に、一瞬咽喉《のど》が鳴りそうになった。だが同時に、こんなものか、という思いが湧《わ》き上がった。もっとまとまった金を期待していた。ともあれ、長居は無用である。

女中頭が御家の金子を盗んだとして罪に問われることがないよう、襖に『拝借御免』の四文字を書き残し、忍び込んだ道順を辿《たど》り、外へ出た。

「容易《たやす》いものだな」望月が言った。

「しかし、肩が凝《こ》りました」阿久津が笑顔を見せた。

「次は笠原、お前がやってみろ」

「承知しました」笠原が答えた。

三人は愛宕山まで走ると着替え、笠原と阿久津はそれぞれの明屋敷へと向かった。

小頭の望月は見回り方なので、四ツ谷《よつや》御門外の伊賀町にある組屋敷に急いだ。

見回り方は半蔵御門と四ツ谷御門の中程にある麴町《こうじまち》五丁目の明屋敷番伊賀者の

番所に出仕し、市中に点在する明屋敷を見回るのを役目としている。望月は、百五十両の金子を腹に巻き、陰を縫《ぬ》うようにして歩いた。家の者は、腰を打ち寝込んでいる実母の看護のため、実家に泊まり込んでいて留守であった。泊まるよう勧めたのは、望月だった。

刻限は夜八ツ（午前二時）を回っている。徳川家の家臣として、役目以外のことで夜九ツ（午前零時）を越えて出歩くことは許されない。組屋敷に訪ねて来る者さえいなければ、露見する心配はまずなかったが、万一にも見咎《みとが》められては面倒だった。気配を消して、足を急がせた。

二月二十六日。九ツ半（午前一時）。

赤坂溜池《ためいけ》に沿って巽《たつみ》（南東）の方角に進み、榎坂《えのきざか》を上る。ここまでに辻番所《つじばんしょ》がふたつあり、坂を上り詰めたところに、更《さら》にもうふたつ辻番所がある。そこで道は三方に分かれる。ひとつは汐見坂《しおみざか》の下りで、もうひとつは霊南坂《れいなんざか》の上り、残るひとつは馬場に沿って虎之御門へと抜ける道である。望月と笠原と川尻は、巧《たく》みに辻番の目を避け、霊南坂を上った。

霊南坂の先は、ずらりと並んだ武家屋敷で、その先にある麻布市兵衛町《あざぶいちべえちょう》は岡場《おかば》所《しょ》として繁盛《はんじょう》していた。

武家屋敷街の中程に、広さ約五千坪の屋敷があった。主《あるじ》は信濃《しなの》国飯田《いいだ》、新堀《しんぼり》家六万五千石。上屋敷として使われて六年になる。

「采配《さいはい》は任せたぞ」と望月が笠原に言った。「先日の一件からも分かるように、我らの腕からすれば、容易い仕事だ。落ち着いて事を運べば、まず間違いはあるまい」

「はっ」

「気を引き締めて行け」

「心得ております」笠原が答えた。

阿部家の時と同様、土塀を乗り越え、床下に向かった。笠原が、取り外しが出来るようになっている格子に手を掛けた。だが、ぴくりとも動かない。

（どうした？）望月が指文字で訊いた。

（格子の細工箇所が変えられております）

（何と）

（他の箇所も変えられているとすれば、屋敷に主の与《あずか》り知らぬ仕掛けがあるのを嫌ってのことでしょうが、壊れたところを補修したのであれば、他の箇所は無事

かと存じます）

（試そう）

軒を伝い、書院に回り、板廊下の下に潜った。笠原が右隅の格子を押した。コクンと小さな音を立てて、格子が外れた。笠原が頷いた。

心細げに見ていた川尻が、拳《こぶし》を握って見せた。

笠原に続いて川尻が、そして最後に望月が床下に潜り、格子を戻した。ひどく冷たい風が望月の首筋を掠《かす》めた。

（急ごう）と望月は笠原に指文字で伝えようとしたが、ためらった後に止《や》めた。慌てさせてはならない。

格子をふたつ抜けた先に、目指す床板のある奥の納戸があった。床板は直《す》ぐに開いた。

この夜盗んだ金子は八十五両だった。笠原は浮かない顔をしていたが、互いの暮らしの中では想像も付かない額の金子であった。再び床下に下りようと、納戸の床板を開けた。風が舞った。冷たい。

飛び降りた笠原が、振り仰いだ。その顔が白々《しらじら》と見えた。明るいのだ。

「雪か」

「まだ積もってはおらぬようですが、落ちています」

「そうか」

首筋を掠めた風の冷たさを思い出した。足跡が残らぬ前に帰らねばならない。

「急ぎましょう」笠原が言った。

雪は一刻（二時間）ばかり江戸の町を白く染めたが、積もることもなく解けて消えた。


三月一日。九ツ半（午前一時）。

市ケ谷《いちがや》御門の向かいにある市ケ谷亀岡八幡宮《かめがおかはちまんぐう》。その八幡宮の門前町屋である八幡町《はちまんちょう》から乾《いぬい》（北西）の方角に延びる坂を左内坂《さないざか》と言った。

前《さき》の勘定奉行《かんじょうぶぎょう》、旗本塩谷《しおや》家三千石の屋敷は、左内坂を上り切り、続く安藤坂《あんどうざか》を下り始めたところにあった。

家屋敷の広さは一千三百余坪、建坪は約六百坪、母屋《おもや》だけならば約三百坪であった。

「これは楽そうですね」川尻が言った。

旗本家を狙うのは初めてのことだった。

「だが、大名家より狭いということは、限られた中に人手が多く屯《たむろ》しているのかもしれぬ。油断はならぬぞ」望月が答えた。「小寺もな」

「油断などと。私は初陣《ういじん》ですから、そのような余裕はございません」

小寺の物言いが可笑《おか》しかったのか、望月と川尻が微かに笑った。

三人は、表御門の真裏に当たる、土塀の上にいた。四ツ半（午後十一時）から一刻（二時間）余り、土塀の上に身を伏せて見回りの有無を探っていたのだが、それらしい気配は何もなかった。

「では、川尻、任せたぞ」望月が言った。

頷くとともに、

（参ります）

指文字で応え、川尻が宙に舞った。小寺が続き、望月が追った。

馬屋棟の前を通り、的場《まとば》を駆け抜け、隠居棟の前庭に出た。齢《よわい》七十九歳になる先代の寝所が、雨戸と廊下を隔てた先にあった。老人は眠りが浅い。気配を断《た》って行き過ぎ、奥向の御殿の床に潜った。

格子は難無く外れ、床板の取り外しにも支障はなかった。納戸を抜け、廊下を伝い、奥へと進んだ。

賊が入って来るなどとは夢にも思っていないらしく、違い棚に置かれた塗り箱の中に、無造作《むぞうさ》に百三十両の金子が入れてあった。

そっと懐に収めている川尻の身のこなしには、微塵《みじん》も無駄がなかった。

余りの呆気《あっけ》なさに、川尻が床下で囁《ささや》いた。

「こう手応《てごた》えがないと、却《かえ》って寂しいものですね」

「余裕だな」望月は応え、どうだ、と小寺に訊いた。

「このように気が張り詰めていたのは初めてのことでございます。が、存外《ぞんがい》簡単なものでした」

「癖《くせ》になるか」

「まさに」川尻と小寺が、同時に答えた。

「それが怖いところだ。よいか、これはあくまでも皆のために止むなくしている事だ。決して楽しんで行なってはならぬぞ」

「肝《きも》に銘《めい》じます」

川尻、小寺と続き、望月が最後に庭から土塀へ上がり、左右を見回した。ひとの歩いて来る気配はなかった。

飛び降り、三人は着替えを隠しておいた長泰寺《ちょうたいじ》の木立《こだち》へ向かった。長泰寺は左内坂の中程にあった。

三人が去って間もなく、暗く沈んでいた土塀の一角が動き、男が荒い息を継ぎながら這《は》い出して来た。男は目を大きく見開くと、望月らが走り去った闇に目を凝らした。

男は八幡町の《権兵衛店《ごんべえだな》》に住む大工で、名を安吉《やすきち》と言った。

安吉は、平山町《ひらやまちょう》に住む仲間の大工の長屋で酒を飲んで寝てしまい、慌てて八幡町に戻る途中、賊の逃走する姿を見たのだ。平山町は、安藤坂に続く中根坂《なかねざか》を上り詰めたところにあった。

その夜安吉は長屋に逃げ帰り、夜具を被って寝てしまった。朝になり、仕事に出たが、どうにも落ち着かず、昼を過ぎてから、八幡町の自身番《じしんばん》に赴《おもむ》いた。

三

同三月一日。

非番の月が明け、北町奉行所《きたまちぶぎょうしょ》が月番《つきばん》となった。

朝五ツ（午前八時）――。

奉行所に出仕した小宮山仙十郎《こみやませんじゅうろう》は、玄関にいた当番方《とうばんかた》の同心《どうしん》への挨拶《あいさつ》もそこそこに定廻《じょうまわ》り同心の詰所に急いだ。

今月は、見回路《みちすじ》の異動が告示される月だった。

定廻り同心は全部で六人。この六人が、江戸市中を四つに分けた見回路を巡回することになっていた。人数に対して見回路が少ないのは、老中《ろうじゅう》や若年寄《わかどしより》など、所謂幕閣《いわゆるばつかく》の大物が出掛ける時の警備に駆り出されたり、また病に罹《かか》るなどして休みを取った同心の代役として市中に出たりしなければならないからであった。定廻りの同心には、原則的に休みはなかった。

見回路の異動は、筆頭同心の岩田巌右衛門《いわたがんえもん》が案を練り、年番方与力《ねんばんかたよりき》の島村恭介《しまむらきょうすけ》の承諾を得て、施行《しこう》された。

壁に張り出された表を見詰めていた仙十郎の肩を、岩田巌右衛門が叩《たた》いた。

「今度は四ツ谷だ。頼むぞ」

見回路がどこになっても大した違いはなかったが、好き嫌いはある。四ツ谷と呼ばれる見回路は、四ツ谷御門から大木戸までを中心に、巽（南東）は赤坂御門外の町屋から、乾（北西）は市ケ谷御門前の八幡町までを見回らねばならなかった。南北に紀州徳川家と尾州《びしゅう》徳川家の上屋敷があり、小競《こぜ》り合いの絶えない土地であるだけに、仙十郎としては就きたくない見回路だった。四ツ谷を見回るのは、二年振りになる。また、少なくとも三か月、異動にならなければ半年の間、足を棒にする日々が続くのだ。

しかし、仙十郎は晴れやかな声で、岩田に頭を下げた。

「承知いたしました」

仙十郎が、江戸の実測図である『江戸大絵図《おおえず》』を見ながら、前任者の書き記した覚書《おぼえがき》に目を通している後ろで歓声《かんせい》を上げた者がいた。

日本橋《にほんばし》北から両国《りょうごく》広小路に掛けての見回路に異動になった同心だった。

奉行所に近く、市中の警備網も張り巡らされているために面倒な事件が少ない。その上お店《たな》に顔を売る好機だからと供の御用聞《ごようき》きにも喜ばれる、同心ら垂涎《すいぜん》の見回路だった。まだ仙十郎は就いたことがない。定廻りの役目に就いて七、八年は経たないと、回って来ないという噂《うわさ》だった。

五ツ半（午前九時）。

久し振りに四ツ谷を歩く初日である。仙十郎は、いつもより四半刻《しはんとき》（三十分）早めに奉行所を出た。

供は手先として使っている御用聞き・神田八軒町《かんだはちけんちょう》の銀次《ぎんじ》と手下の義吉《よしきち》、忠《ちゅう》太《た》、それに中間《ちゆうげん》の四人であった。

これという事件はなかったが、ゆったりと回ったせいか、市ケ谷御門前に着いた時には八ツ半（午後三時）になっていた。

八幡町の自身番に声を掛けた。ここに異常がなければ、後は奉行所に戻るだけである。

自身番の戸が開き、大家と半纏《はんてん》に腹《はら》掛《が》けをした男が飛び出して来た。

「お待ち申し上げておりました」

「どうした？」

「ここにおります安吉が、盗賊が逃げるところを見たと申しておりますんで」

半纏の男が、顔を突き出すようにして頷いた。

「中で聞こうか」

仙十郎が自身番に上がった。三畳の畳《たたみ》敷きである。大家と安吉が続いて上がり、斜《なな》め後ろに銀次が座った。義吉と忠太は、三尺（約九十一センチメートル）張り出している上がり框《がまち》に腰を掛けている。

仙十郎は安吉に、まず生業《なりわい》と住まいを訊いた。

「大工をいたしておりまして、住まいするところは、八幡町の《権兵衛店》でございます」

　銀次が手早く書き取っている。

「では、見たってことを話してくれ」

「はい」と答えたのは、大家だった。「昨夜、と申しましても、今朝の夜八ツ（午前二時）のことでございますが、塩谷様の御屋敷から黒装束の者が土塀を飛び越えて逃げて行くのを見たのだそうでございます」

「塩谷様ってえと、前の勘定奉行の？」

「左様《さよう》でございます」また大家が答えた。安吉が頰《ほお》を膨《ふく》らましている。

「人数は？　ひとりかふたりか、それとも」

　大家が答えようと息を吸ったところで、仙十郎が手で制した。

「待ってくれ。安吉と話をさせてくれ」

　大家は渋々《しぶしぶ》と引き下がった。話したくて、うずうずしているらしい。

「三人で、ございました」安吉が、身を乗り出すようにして答えた。

「黒装束だったそうだな？」

「まるで黒い犬が駆けて行くようでした」

「犬か……、顔は見たのか」

「暗かったので、そこまでは」安吉が首を横に振った。

「其奴《そやつ》どもだが、盗賊に間違いねえか」

「ございません。あの……」

「何だ？」

「賊ですが、お武家様だったと思います」

「何ゆえだ？」

「刀を二本差しておりましたが、それよりも走り方でございます。腰が決まっておりましたから、あれはお侍だと思います」

「何か手に持っていたか。盗んだものとか」

「そのようなものは、何も。でも、ひとりが腹を抱えておりました。あれは金です。持ち付けない金を持つと、あのような格好をするものです」

「成程な。お前さん、いい目をしているではないか」

安吉は満更《まんざら》でもないのか、項《うなじ》に手を当てながら大家を見た。大家が目で、褒《ほ》められたからとて、いい気になるな、と諫《いさ》めている。安吉が真顔に戻った。

「分からないのは、何で、そのような刻限に、その辺りにいたのだ？　武家屋敷しかないだろう」

「飲んでいるうちに、仲間の長屋でうたたねしちまいまして、泊まれとしつこく言われたんですが……」

「よくその刻限に帰ろうと思ったな」

「何しろ道具が長屋にあるもんで、一度は戻らねえといけやせん。だったら、夜のうちに、と」

「長屋の木戸は開けてもらえるのか」

「実は、閂《かんぬき》が壊れておりまして。押せば開くって代物《しろもの》で、済みません」

「分かった」

銀次が筆を収めている。

終わったのか、とほっと太い息を吐いた安吉に、済まねえが、と仙十郎が言った。

「その賊を見たってところまで連れてってくれねえか」

「合点《がってん》承知之助《しょうちのすけ》って奴で」

「あの」と大家が言った。「手前は？」

「お前さんは見てねえんだ。来る必要はねえよ」

「左様でございますか」

安吉が大家に勝ち誇ったような顔を向けた。

左内坂の急坂を上り切ると、道が下り坂になる。安藤坂である。坂の名の由来である安藤家の向かいに、塩谷家はあった。手入れの行き届いた土塀が続いている。

先頭を歩いていた安吉が、ひょいと土塀に駆け寄り、ここです、と言って屋根を指さした。

「お前はどこにいたんだ？」

「へい」

安吉は十間（約十八メートル）程走ると、安藤家の土塀の下にうずくまった。

昨夜は、晦日で月がなかった。明かりと言えば、土塀の放つ微かな白みしかない。安吉の言う黒い装束も疑わしかったが、暗い色調であることは間違いないと思われた。

「左内坂の方に走って行ったのだな」

「へい。その通りで」

侍だとすると、盗みを働きに入ったのだろうか。それとも御家に内紛でもあって屋敷から遁走《とんそう》した者があったのだろうか。

「屋敷内の様子は？　騒々《そうぞう》しかったか」

「いいえ、寝静まっているようでしたが」

とすると、内紛ではないだろう。家中の者ならば、密《ひそ》かに脱するにせよ、夜の夜中に土塀を飛び越える必要はない。潜り戸を使えば済むことだ。

「助かった。ありがとよ」

仙十郎は袂《たもと》から一朱金を取り出し、安吉に握らせた。

「よく自身番に名乗り出てくれたな。礼を言うぜ」

「とんでもねえことでございます。こちらこそ、こんなに」

「験直《げんなお》しに飲んでくれ。と言っても、程々にな」

「では、これで？」

「ああ、帰ってくれて構わねえよ」

「旦那方《だんながた》は？」

「一応、塩谷様に教えてやらねばな」

町方《まちかた》としては、旗本家は支配違いで調べられないが、賊らしき者が夜中に出入りしたことだけは伝えておきたかった。相手の反応を見てみたい、という気持ちもあった。

「これから？」

「そうだ。付いて来るか」

「冗談はよしておくんなさい」

安吉は銀次らにも頭を下げて回ると、一目散《いちもくさん》に安藤坂を駆け上り、左内坂へと消えた。

「いらっしゃるんですかい？」銀次が仙十郎に訊いた。

「無駄骨《むだぼね》と思うかい」

「へい」

「知らぬと答えるに決まっているだろうな。だが、顔色を見れば、賊が入ったかどうか分かるだろうよ」

「出過ぎたことを申しやした」銀次が頭を下げた。

「いいってことよ。取り敢《あ》えず、当たって見ねえことには、何があったか見当も付かねえからな」

塩谷家の門前に立った。

表門は閉ざされている。左側に潜り戸があり、門脇に物見窓《ものみまど》があった。

「御免。どなたか、おられませぬか」

仙十郎は物見窓に向かって言った。

待つ間もなく窓が開き、門番が顔を覗《のぞ》かせた。

「何か」町方と見て取って、門番が尋ねた。

「今朝のことですが、御屋敷の土塀を乗り越えて逃走する賊を見た、という届け出がありました。お心当たりはございましょうか」

「暫《しば》し待たれよ」

門番が誰かに小声で話をしている。聞き取れない。仙十郎は窓近くに寄った。気付いた門番が、慌てて窓を閉めた。門の内側で玉砂利《たまじゃり》が弾《はじ》けた。応対出来る者を呼びに走ったのだろう。

程無くして、潜り戸がゆるりと開き、五十半《なか》ばと思われる侍と二十五、六の若い侍のふたりが現われた。若い方は警護の者なのか、息苦しい程一分の隙《すき》もなく身構えている。

年嵩《としかさ》の方が、探るような表情を浮かべながら口を開いた。

「御用向きについては、門番から聞き申したが、その前に御名を伺わせてもらいたい」

「北町奉行所定廻り同心・小宮山仙十郎でございます」

「承った。某《それがし》は当家用人《ようにん》・深山禄右衛門《みやまろくえもん》。賊を見たというのは、実《まこと》の話でござろうか」

「と思いますが」

「見たというのは、どのような者であろうか」

「お心当たりが？」

「ない。それは、ない。当家は賊に入られるような油断はいたしておらぬでな」

「では、どうして見た者についてお尋ねになられるのですか」

「埒《らち》もないことを言い出したのは、どのような者かと思うたまで。他意はない」

「ならばよろしいのですが」

「その、見たという者だが、信用は置けるのかな」

「さあ、どうでしょうか。こちら様に、心当たりがないのですから、あるいは酔って見間違えたのかもしれませんな」

「まあ、そうであろうの。だが、誰かが密かに庭にでも入っていた、と考えられなくもない。何せ当家の庭は広いからの。そこで訊くのだが、入ったという賊は、どのような姿をしていたのであろうか」

「黒っぽかったとしか」

「それでは何も分からぬと同じであろう」

「そこからこつこつと調べ出すのが町方の役目でございます」

「苦労が多そうですな」

「毎度のことですので」

「成程」深山が、仙十郎の目を見詰めながら言った。「いや、当家にはいささか迷惑な話であった。他に用がなければ、これで」

若い侍が、仙十郎と銀次らを見回した。帰れ、と言っているのだ。

予想した通りの応対だったが、賊が入ったらしいことは容易に推測出来た。それだけは収穫だった。

奉行所に戻ると、岩田巖右衛門が見回路が異動になった者から聞き取ったことどもを覚書に記していた。役目の範疇《はんちゅう》ではない。岩田が筆頭同心の心得として、自ら纏《まと》めているのだ。いかにも苦労人の岩田らしい行ないだった。

仙十郎は岩田の前に進み出、見回りを終えた旨《むね》を報告した。

「ご苦労だった」と岩田が、筆を持つ手を止めて言った。「遅かったが、何かあったのか」

旗本塩谷家に賊が入ったらしいことを伝えた。

「それはまた、大事《おおごと》ではないか」

岩田は、覚書の文字が乾いているのを見定めると、音を立てて閉じ、立ち上がった。

「急ぎ島村様のお耳に入れねば。組屋敷に戻られる前に、お話ししておこう。行くぞ」

定廻り同心の詰所を出、板廊下を奥へと向かった。

臨時廻《りんじまわ》り同心の詰所から顔を出した鷲津軍兵衛《わしづぐんべえ》が、岩田と仙十郎を交互に見ながら尋ねた。

「何だ？　何があった？」

「旗本家に賊が入ったようなのです」岩田が言った。

「どこだ？」

安藤坂の塩谷家だと教え、岩田が手短《てみじか》に話した。

「…………」軍兵衛が一呼吸置いてから訊いた。「認めなかったのだな」

「ですが」仙十郎が言った。「嘘《うそ》を吐《つ》いていると顔に書いてありました」

「体面があるからな、あちらさんには」

「これから島村様にお伝えするのですが、おいでになりますか」岩田が訊いた。

「止めとこう」軍兵衛が言った。「支配違いの事件には首を突っ込むな、と言われたばかりなのでな」

大身旗本副島《そえじま》家の次男が浪人者と悶着《もんちゃく》を起こし、脇腹に深傷《ふかで》を負って没した。副島家からは、次男は病死として届けが出され、一件は落着《らくちゃく》したのだが、年番方与力・島村恭介と内《うち》与力・三枝幹之進《さいぐさみきのしん》を通じ、支配違いの事件には関《かか》わりを持たぬよう、御奉行から軍兵衛に厳重な注意が申し渡されていた。

軍兵衛は首を竦《すく》めるようにして詰所に戻ると、茶を淹《い》れていた同僚の加曾利孫《かそりまご》四郎《しろう》に、また旗本家だ、と告げた。

「聞こえていた」

「何かの時は任せるからな」

「引き受けた」

加曾利が茶を軍兵衛に差し出した。軍兵衛は一口飲んでから、酒の方がいいな、と言った。

第二章　《伊賀の縫《ぬ》い針《ばり》》

一

三月五日。暮れ六ツ（午後六時）過ぎ。

明屋《あけや》敷番《しきばん》小頭《こがしら》のひとり・桜井《さくらい》頼母《たのも》は、少しく面食らいながら、四ツ谷の大木戸へと続く道を歩いていた。

今日、明屋敷番の番所で、組頭の柘植石刀に、大木戸手前の塩町《しおちょう》にある笹寺《ささでら》まで来るようにと耳打ちされたのだ。それも、他言《たごん》は無用と厳命されて、だ。

桜井が小頭になって十年、そのようなことはかつて一度もなかった。

内密の話がある時でも、番所か組屋敷が使われていた。番所でも組屋敷でも出来ない話なのだろうか。

辻《つじ》に出た。右に行けば龍昌寺《りゆうしようじ》、左に行けば長善寺《ちようぜんじ》、すなわち笹寺である。桜井は左に折れた。

町屋を行くと正面に笹寺の木立《こだち》が鬱蒼《うつそう》と繁《しげ》っているのが見えた。

お待たせしてはならない。足を急がせようとした時、笹寺の闇《やみ》を背にして柘植が滲《にじ》み出るようにして姿を現わした。

「見ていた」と柘植が言った。「尾《つ》けられてはおらぬようだ」

桜井は慌《あわ》てて振り向いてから、何が起こったのか、尋《たず》ねた。

「何も起こってはおらぬのかもしれぬが、いささか気になることがあってな」

柘植は口を濁《にご》すと、どこぞ話の出来るところを知らぬか、と桜井に訊《き》いた。

辺《あた》りには煮売《にう》り酒屋か蕎麦《そば》屋の類《たぐい》しかなかったが、入れ込みは客で溢《あふ》れていた。

「歩きながらはいかがですか。南寺町《みなみてらまち》から鮫ケ橋《さめがはし》に抜ける道ならば、この刻限、人通りはございませんが」

「そうするか」

笹寺の境内《けいだい》から稲荷《いなり》を通って右馬殿横町《うまどのよこちよう》に出た。そこから脇道に入り、更《さら》に鉤《かぎ》の手に曲がり、旗本《はたもと》の屋敷通りを南に向かっているところで、

「お助け大明神が現われたという話がある。聞いているか」と柘植が言った。

二月の晦日頃《みそかごろ》から蠟燭問屋《ろうそくどんや》《山城屋《やましろや》》が、明屋敷番の伊賀者に限り、ある時払いで金を融通《ゆうずう》してくれるようになっていた。《山城屋》は不忍池《しのばずのいけ》のほとり、茅《かや》町《ちょう》二丁目にあった。

「聞いております。あまりにうまい話なので、一瞬耳を疑いましたが、《山城屋》のことなれば、疑うのも礼を失するかと」

「…………」

《山城屋》は、前の組頭・渡瀬鉄蔵《わたせてつぞう》の新造《しんぞう》の実家だった。渡瀬家は、組頭の渡瀬と嫡男《ちゃくなん》が相次いで病没し、更に新造までが死んだので家系が絶え、絶家となっていた。

「大凡《おおよそ》でよい。何人くらい借りているか、分かるか」

「知る限りでは、先月亡くなった横田の家を始めとする三軒ですが、聞き逃しているかもしれません。行けば必ず用立ててくれるという噂《うわさ》ですから、もっといるかとも思われます」

「其《そ》の方の家は、どうなのだ？　出向いたのか」

「いいえ」

「最初に借りたのは、横田の新造か」

「と聞いております。恐らく、横田の家の俸禄《ほうろく》が半減されると聞いて、《山城屋》が後家《ごけ》殿を不憫《ふびん》に思ったのではないか、と推察いたしますが」

「そう考えればな……」桜井は、柘植の声音《こわね》に皮肉めいた響きを感じた。

「何かご不審なことでも？」

訊いてから、今日のお呼び出しは、このことなのですか、と桜井は問うた。

「そうだ。《山城屋》は、儂《わし》らに比べれば、遥《はる》かに裕福であろう。金を貸すゆとりもあろう。だが、儂はどうも納得し難いのだ」

「どこが、でございますか」

「明屋敷番に限らず、伊賀者は微禄だ。ひどい話は耳に胼胝《たこ》が出来る程聞いている。にも拘《かか》わらず、何ゆえこれまでは何もせず、今になって急に、利を求めぬお助け大明神になったのだ？」

「商いが上手《うま》く行き、内証《ないしょう》が豊かになったのでは？」

「そのような話を聞いているか」

「いいえ、別に……」

「儂も聞いていない。調べてみる必要があると思う」

「しかし、我らが調べたと知ったら、《山城屋》は不快に思うのでは。疑われるぐらいなら、貸し出しはやめだ、と言われたのでは、皆に申し訳が……」

「痛いところだな」柘植は暗く遠い一本道の先を見据え、致し方ない、と言った。「暫《しばら》くは《山城屋》を見張り、様子を見てみよう。誰が借りているのか、また、怪しげな者の出入りはないか、そんなところだな。それと、横田の新造に《山城屋》のことを誰から教えられたかも、尋ねておいてくれ」

「畏《かしこ》まりました」

「このこと、構えて誰にも言うでないぞ」

「心得ております」


三月六日。昼四ツ(午前十時)。

桜井頼母は一旦《いったん》麴町五丁目の番所に出仕《しゅっし》してから、組屋敷に戻り、横田左兵衛の長屋を訪ねた。

己の組下の者ではない。訪れるのは葬儀の日以来のことになる。

玄関に立ち、案内《あない》を乞《こ》うた。

桜井の声に気付いた横田の新造が、奥から現われ、手を突いた。

「これはこれは、桜井様」

改めて会葬の礼を述《の》べる新造に、携《たずさ》えて来た線香を渡した。

「お心遣い、痛み入ります」ささ、どうぞ、と新造が身体《からだ》を斜《なな》め後ろに下げた。

「では、御免」

桜井は長屋に上がり、白木の位牌《いはい》に掌《て》を合わせた。向き直った桜井に、新造が丁寧に頭を下げた。

「嫡男殿が出仕されるまでの辛抱《しんぼう》です。心くじけぬように」

「一時はどうなることかと思いましたが」新造が、ゆるやかな笑みを見せた。

「ありがたいことに、何とか目処《めど》が付きまして」

「そのことで、ちとお尋ねしたく伺《うかが》いました。《山城屋》が融通してくれたとか」

「左様《さよう》にございます」

「それは重畳《ちょうじょう》。大きな声では申せませぬが、我が家の内証も火の車でして……」

「こう申しては何でございますが、相身互《あいみたが》い、と存じます……」

「いかさま。そこでお訊きしたいのですが」

《山城屋》が金子《きんす》を貸してくれるという話を誰から聞いたのか、尋ねた。

「小頭の望月様がご親切に教えて下さいました」

「何と?」

「茅町の蠟燭問屋《山城屋》を訪ねるがよい。利息はなく、返せる時に少しずつ返してゆけばよいのだ、と」

「そのような上手い話、とても信じられぬが」

「わたしも、そのように申し上げました」

亡き左兵衛の薬料を捻《ひね》り出すために、どれだけ頭を下げて回ったか分かりませぬのに。新造が唇《くちびる》を嚙《か》んだ。

「横田は、もう治らぬからと、最期には薬を呑《の》まなくなったのです。借り受けた金子の返済のことを思ってのことです。もっと早くに《山城屋》さんのことを知っていれば、あるいは病を癒《いや》すことが出来たかも、と思うと、やりきれません」

新造は袖《そで》で涙を拭《ぬぐ》った。

「確かに……」

もしそのような上手い話があったのなら、何ゆえ望月は、横田が病床にある間に《山城屋》のことを話してやらなかったのだろう。

「利息はなし、ある時払いという話だが、なぜそのような貸し方をするのであろう」

「望月様はしかとは仰《おつ》しゃりませんでしたが、《山城屋》さんがわたしどもの窮状を察してくれてのことではないでしょうか」

　新造が知っていたのは、《山城屋》が前の組頭・渡瀬鉄蔵の親族であることぐらいで、それ以上詳しいことは何も知らないようだった。桜井は早々に引き上げることにした。


　桜井は番所に戻った足で、望月十郎太を探した。望月は、明屋敷の場所を記した江戸図の前で配下の村岡酉助に、数軒の明屋敷を見回るよう指示を与えていた。

「十郎太、よいか」

「構わぬが、何だ?」

　桜井は村岡を見、黙った。

「それでは、見回りに出てくれ」望月が村岡に言った。村岡が廊下へと消えた。

それを待って、どうした、と望月が探るような目で訊いた。

「内証が苦しい。《山城屋》に借りようと思うのだが……」

「何ゆえ、俺に言う?」

「横田の御新造に尋ねたのだ。十郎太が教えてやったそうではないか。上手い話だが、騙《だま》されでもしたら困るでな。それで、詳しく話を聞こうと思い立ったという訳だ」

「そうか。俺から聞いたと言ったか」

「十郎太はお助け大明神のお使いだ、と言ってたぞ」

「よしてくれ。俺とて人から聞いた話だ。お使いは言い過ぎだぞ」

「……誰から聞いたのだ？」

「確か、川尻だ。俺の組下の」

「十郎太は借りたのか」

「そろそろ行こうか、とは思っているのだが、なかなか踏《ふ》ん切《ぎ》りが付かなくてな」

「俺も、なのだ。貸してもらえると、随分《ずいぶん》と楽になるのは確かだ。行くしかないかな」

「首尾《しゆび》よく借りられるとよいな」

望月と別れ、桜井は己の小机のある部屋に帰り、川尻が詰めている明屋敷の場所を調べた。誰がどこに詰めているか、一目《ひとめ》で分かるようにまとめたものが、組頭と小頭に渡されていた。

桜井は、番所を後にして、紀州徳川家の中屋敷前の諏訪坂《すわざか》を通り、赤坂御門に出た。

裏伝馬町《うらてんまちよう》を抜け、定火消御役屋敷《じようびけし》をぐるりと回った先に、三河国刈谷、土井家が以前拝領《はいりよう》していた明屋敷はあった。

明屋敷番は、屋敷に配属されている間は門番詰所で寝起きすることになっていた。これは、身分の低い伊賀者が屋敷の内で寝起きするのは畏《おそ》れ多いということと、訪ねる者があった時、即座に対応出来るようにするためだった。

桜井は、物見窓《ものみまど》の下に行くと、人差し指を口に銜《くわ》え、鵲《かささぎ》の啼《な》き声を真似《まね》た。

表門の潜《くぐ》り戸が直《す》ぐに開き、阿久津が顔を覗《のぞ》かせた。

「ご苦労」

「今日は、何か」阿久津が訊いた。

「川尻は？」

「庭を見回っておりますが、そろそろ戻って来ると思います」

門番詰所に入ろうとしたところに、川尻が戻って来た。桜井の姿に気付き、川尻が目礼した。

「何かご連絡でも」

「いや、少し訊きたいことがあってな。立ち寄ったのだ」

「……私、北側の塀を見て参ります」気を利《き》かせたのか、阿久津は刀を手にすると、腰に差しながら見回りに出て行った。

「ここまで来たのは、《山城屋》のことでだ。何でも利息なしで金を貸してくれるという話ではないか。十郎太が話の出所《でどころ》らしいと、話を聞きに行ったのだが、お前の名を出した。お前は、どこで知った？」

「あれは、誰だったか……」川尻は暫く腕を組んで首を捻っていたが、

「思い出しました。笠原からだと思います。知っているか、と尋ねられたのです」

「いつのことだ」

「二月の末頃ではなかったかと」

「で、借りたのか」

「いえ。どうも借りるのは、気が進みませんで」

「俺も同じだ。家の者に苦しいと言われてな。困っておるのだ」

「同じでございます。今はまだ強がっておられましょうが、いつかは《山城屋》

の暖簾《のれん》を潜ってしまうかもしれません」

桜井はそこまで聞くと、川尻に突然訪ねたことを詫《わ》び、笠原が詰めている明屋敷へ向かった。ここから巽《たつみ》（南東）の方角に僅《わず》か八町（約八百七十二メートル）のところである。

物見窓の下で合図《あいず》を送ると、間もなくして窓が開いた。小寺が大仰《おおぎょう》に驚いて見せ、続いて急ぎ潜《くぐ》り戸に駆け寄る足音がした。

出迎えた笠原と小寺は、稽古着《けいこぎ》を着ていた。脇の下が濡《ぬ》れ、汗がにおった。

「鍛錬《たんれん》か」思わず桜井が尋ねた。

「どちらが速く屋敷の庭を一周出来るか、競っていたのです。丁度《ちょうど》戻って来たところでして」

そうか。思わず桜井は歯を覗かせた。まだやっている者たちがいたか。

武士が脆弱《ぜいじゃく》になったと言われるようになって久しい。戦のない世がこれだけ続けば、気も緩むものかもしれない。しかし、両刀を手挟《たばさ》んだだけで腰がふらつくような輩《やから》には許し難《がた》いものがあった。それでは武士とは呼べぬではないか。

伊賀者とて、例外ではない。鍛錬を旨《むね》とすべき伊賀者でありながら、御広敷《おひろしき》や山里の者どもは、駆けることすらしない。組屋敷の道場に通う者もなくはなかったが、とても鍛錬と呼べるような代物《しろもの》ではないと言う。

駆けることを怠らなかったのは、長年明屋敷番だけだった。だが、この頃はそれも滅多《めった》に聞かなくなった。

訪れる者とてない明屋敷に詰めるのは、無聊《ぶりよう》を託《かこ》つものでもあった。桜井は鍛錬を兼ねて、よく駆けた。

明屋敷詰めではなく、まだ若く、幾《いく》つもの屋敷を見回る役目だった頃には、歩き回ることは多くとも、鍛錬を兼ねて気を入れて走る機会が少なかった。屋敷に長い間詰め、異変がないかを調べながら、縦横《じゆうおう》に駆け巡ることこそ、よい鍛錬になると思っていた。

「どちらが勝ったのだ?」

「勿論《もちろん》、私です」笠原が小寺に胸を張って見せた。

十五万石の大名屋敷は、敷地が約七千坪ある。周囲を囲んだ長屋の内側を駆けるとはいえ、生半《なまなか》な距離ではない。笠原に、息の乱れは殆《ほとん》ど無かった。日頃の鍛錬の賜物《たまもの》だろう。

「俺も、以前はよく駆けたものだ」桜井が言った。

「小頭から伺ったことがあります」

十郎太とは、見回り先でよく競ったものだった。

「駆けるか」桜井が笠原に水を向けた。

「桜井様とですか」

「そうだ。韋駄天《いだてん》と呼ばれた俺とでは嫌か」

「聞き捨てなりません。お受けいたします」

「小寺、しっかり見ておけよ」

桜井は裸足になった。更に羽織《はおり》を脱ぎ、下げ緒で襷掛《たすきが》けをし、股立《ももだち》を取った。

両刀を抜いて、羽織の上に置いた。

「よし」と桜井が笠原に言った。「先に行け」

笠原が背を屈《かが》め、低く身構えた。

「参ります」一声叫び、笠原が地を蹴《け》った。

御門から玄関に続く石畳を通り、大腰掛脇の隠し扉の上に張られた横木に手を掛け飛び越えた。無駄のない鮮やかな動きであった。桜井も同じようにして、隠し扉を越えた。

二階建の長屋に沿って走ると、右手に馬屋があった。馬屋の先に築地塀《ついじべい》が設けられている。笠原は大きく飛び上がり、板で葺《ふ》かれた屋根に指先を触れただけで、難無く越えて行く。桜井は掌《てのひら》を屋根に打ち付けるようにして越え、笠原を追った。屋敷の角地にある櫓《やぐら》のところで、通路が左に折れている。笠原は円弧《えんこ》を描かず、曲尺《かねじゃく》のように鋭《するど》く曲がって速度を上げている。

見事な足の運びだった。どこか十郎太の走りに似ているところが、桜井には嬉《うれ》しくもあった。

御裏御門へと真《ま》っ直《す》ぐに通路が延びている。離されてはならない。右手を翳《かざ》して身体を遮《さえぎ》ろうとする風を切り裂いた。

速い。

前を行く笠原は、さらに速度を上げている。

土蔵の前に出ると、奥の御殿がその先に見えた。通路は御殿を迂回《うかい》するように続いている。右に折れ、左に曲がり、奥の御殿を回った。通路が途切れ、築地塀が行く手を塞《ふさ》いでいる。笠原が勢いに乗って跳ね、塀を越えながら振り向いた。

味なことをしおって。桜井も跳ねて見せた。

手入れの行き届いた庭木が繁っている。数寄屋《すきや》に出たのだ。巨石と苔《こけ》で作られた島の周りに白い玉砂利で作られた海が広がっている。

笠原は踏み石を伝《つた》って駆け抜けると、網代戸《あじろど》の木戸門を越え、渡り廊下の下を潜った。

長屋と御殿に挟まれた向こうに、また築地塀があった。丈《たけ》が高い。笠原は長屋近くに聳《そび》える樅《もみ》の木に飛び付くと、木の幹《みき》を蹴り、その反動で築地を越えた。桜井も真似をして、樅に飛び付き、幹を蹴った。耳の後ろで風が鳴った。久しく感じたことのない感覚だった。

お見事でございます。

笠原は、桜井が地に降り立つのを待って、駆け出した。

御門の前に小寺がいた。水を用意している。

桜井は、乱れた息を整えようともせずに、水を飲んだ。咽喉《のど》から腹の底に染み渡って行った。

「大したものだ。いや、頼もしい限りだ。今、組別で戦ったら、伊賀者、それも明屋敷番に敵《かな》う者はおるまい」桜井が、笠原と小寺に言った。

笠原と小寺は、一瞬互いに笑顔を向けあったが、直ぐに真顔に戻った。笠原が、汗を拭《ぬぐ》っている桜井に訊いた。

「ところで、何か御用がおありだったのでは」

二

三月七日。六ツ半（午前七時）過ぎ。

桜井頼母は番所への出仕前に、同じ組屋敷内にある笠原の長屋を訪ねた。笠原が新造から《山城屋》の話を聞いた、と答えたからだった。

笠原家は、《山城屋》から金子を借りていた。利子はなく、ある時払いという条件だと言う。

――こう申しては何ですが、もし《山城屋》さんがいなければ、我が家にはゆとりなどというものはなかったでしょう。

小寺も笠原に勧《すす》められ、やはり《山城屋》から金子を借り受けていた。

――疑わしいところなど、どこにもございませんでしたが、何かご不審でも？

そう言った小寺の目には、怒りに似たものさえあった。

俺も借りようと思うたのだが、小頭である以上、いささか慎重にならざるを得ない。騙されました、となっては、家の恥になるでな、と言って誤魔化《ごまか》したが、ふたりともどこか得心《とくしん》のいかないような顔をしていた。

笠原の新造は、望月十郎太の新造から聞いていた。十郎太の新造を訪ねると、主《あるじ》から聞きました、と答えるではないか。振り出しに戻ってしまったことになる。

桜井は出仕して、組頭の柘植石刀に噂が一巡している経緯を報告した後、《山城屋》を見張り、出入りする者を確かめることにした。

しかし、伊賀者である己が伊賀者らを見張るのである。虚無僧《こむそう》のように深編笠《ふかあみがさ》を被《かぶ》るか、歯磨売《はみがきう》りのように百眼《ひゃくまなこ》の面でも付けなければ、直ぐに正体が露見してしまうだろう。半日やそこらの見張りではない。数日間に及ぶかもしれぬ。風体《ふうてい》をその都度変えたとしても、不審に思われるのは目に見えている。と言って、金子を握らせて、近くに見張り所を借り受けるような余裕はない。

商いをしている間、見世《みせ》（売場）の床下に潜《もぐ》ることにした。暖簾内の様子を聞くことが出来る。声を聞けば、誰が来たかも分かるだろう。

――そうよな……。

柘植は桜井の案を聞き、暫く腕を組んで考え込んでいたが、やがて、任せる、と言った。

――悟られるとは思わぬが、《山城屋》が実《まこと》に欲得抜きで金を貸していた場合、発覚すれば面倒なことになるかもしれぬでな。組の者に疑われぬよう、夜には組屋敷に戻るのだぞ。

――組の者には何と？

いつまでになるかは判然としない。数日間は覚悟せねばならない。その間、小頭が姿を見せなくなるのである。組の者に動揺があってはならない。

――適当な理由を考えねばならぬな。

柘植は、そこで突然、北町奉行所の鷲津軍兵衛の顔を思い出した。伊賀ノ衆ト八付キ合イタクアリマセンナ。ぬけぬけと言い放ちおった。だが、奉行所というのは使えるかもしれぬ。

――奉行所に頼まれ、力添えしているというのはどうだ？

――さて……。そのようなことはないと思いますが、奉行所に問い合わせなどされたら、話がややこしくなります。

――ならば、漠然《ばくぜん》と内密の御用、とだけ言っておくか。

――それがよろしかろうと。

翌三月八日から、桜井の姿は番所から消えた。

ごく質素《しっそ》な町屋の者の姿に身形《みなり》を変え、まだお店《たな》の者が起き出す前に裏戸から忍び込み、台所の床板を外して潜り込んだ。見世の下に移動し、小僧が起き出すのを待つ。見世は畳敷きで、通路より一段高くなっているとは言え、大の男が潜《ひそ》むには、低い。桜井は俯《うつぶ》せになり、通路に向かって嵌《は》め込まれた細い格子に顔を寄せた。

揚げ戸が押し上げられ、朝の光が土間に射《さ》した。土間を見渡せる位置に移り、後は商いをしている間、ひたすらひとの出入りを見張ることにした。

起床した時から水気を控え、それでも尿意を催した時のために竹筒を用意した。懐《ふところ》には干し固めた握り飯を忍ばせている。丸一日はそれでしのげよう。身動きせずに、凝《じ》っとしているのは苦ではなかった。己を一個の石のように思えばよい。若い頃、当時の小頭に鍛錬されたものだった。そのような鍛錬が役に立つ日が来ようとは、この日まで思いも寄らなかったが。

六日目が過ぎ、日付けは十四日となった。

夕七ツ（午後四時）の鐘が鳴り始めた頃——。

暖簾を掻《か》き分けるようにしてお店に入って来た者があった。二本差しのようだ。桜井は慌てて目を凝《こ》らしたが、顔までは見えない。袴《はかま》の裾《すそ》と草履《ぞうり》が目に入った。鼻緒《はなお》に無地の木綿《もめん》の丸紐《まるひも》が使われていた。伊賀者である。

声に覚えがあった。川尻に相違なかった。川尻も借りることにしたのか。借りる言い訳をするのだろうか。聞きたくなかった。

足音が近付いて来た。

「御免」

「ささ、どうぞ」低い声だった。ここ数日で耳に馴染《なじ》んだ《山城屋》の主・三《み》右衛門《えもん》の声であった。

「………」川尻は何も言わずに見世に上がった。

金子を用立ててもらいに来た者とは思えなかった。借金をするためなら、少し下手《したて》に出るものではないか。だが、三右衛門は下にも置かぬ風情《ふぜい》で、自ら迎えに立っている。

一体、何のために来たのか。

奥へ移り、ふたりが何を話すのか、聞かねば。だが、奥へと続く床下には通り抜け出来ないように格子が嵌《はま》っていた。庭から回る手もあったが、焦って忍び込んでいたことを悟られてはならない。

ふたりに繋《つな》がりがあるらしいと分かっただけで、ここは十分だ。後は念のため、川尻の後を尾《つ》け、《山城屋》を出てからどこへ行くのか見極めることだ。

桜井は、床下を奥とは逆の方へ、台所へと急いだ。気配を探り、店の者の出入りがないのを確かめ、床下から這《は》い出すと外へ出た。《山城屋》の表を見通せるところに回り、川尻が出て来るのを待った。

四半刻《しはんとき》（三十分）して、川尻が現われた。見送りの者はなかった。行き交うひとに目を遣《や》り、ゆっくりと歩き始めた。

湯島《ゆしま》天神を巡り、聖堂を左に見ながら神田川に出る。川沿いにお茶《ちゃ》の水《みず》から小《こ》石川《いしかわ》、牛込《うしごめ》、市ケ谷の御門前を通り過ぎて行く。目の前は四ツ谷御門だ。御門を背にして、西に下れば組屋敷に行き着く。

（無駄足であったか）

組屋敷が近付けば、組の者に行き会わぬとも限らない。ここらで尾けるのは止《や》めるか。そう思った時、川尻が南に道を折れた。

どこへ行く気だ？

間合《まあい》を詰めた。川尻の歩みは変わらない。ひたすら前を見て歩いている。

武家屋敷の先に寺が見えた。西念寺だった。伊賀者の菩提寺《ぼだいじ》である。訪れるのに何ら不思議はなかった。

桜井は足を止め、境内を行く川尻の背を見詰めた。歩調に乱れがないのが、逆に気になった。

尾行に気付いておらぬがゆえに乱れぬのか、それとも気が付いているからこそ、平静さを装っているのか。分からなかった。

分からぬ以上、性急な動きは禁物《きんもつ》に思えた。

ここ数日は見張りも尾行も止め、間を空けて様子を見よう。

桜井が踵《きびす》を返し、西念寺から遠退《とおの》き始めた頃、寺の境内を歩いていた川尻は、背後に感じていた気配は何だったのか、と考えていた。唐突《とうとつ》に気配が消えた、ということは、尾行を諦《あきら》めたのか。だが、尾行られていたとすれば、そもそも一体誰に。

川尻は、うっすらと額《ひたい》に浮いた汗を指先で拭った。


三月十七日。

川尻が、盗んだ金子百二十両を《山城屋》に届け、その帰路背後に違和感を覚えてから、三日が経《た》った。

――尾けられていたとすれば、必ず何か動きがあるはずだ。

試してくれよう。川尻から報告を受けた望月は、次に予定していた盗みの日取りを早め、この日に動くこととした。

望月と笠原が盗みに入り、それを川尻が離れたところで見守る。万一尾行者が現われれば、逆にその者を尾け、正体を確かめることが出来る。

狙《ねら》う大名家は、愛宕下の信濃国松本《まつもと》、松平《まつだいら》家六万石の上屋敷と決めた。万一の場合に備え、笠原らと川尻らが詰めている双方の明屋敷の近くを選んだのだ。万一いざとなれば、明屋敷に駆け込めばよい。近いに越したことはなかった。

だが、懸念したような事態は何も起こらなかった。尾行者の気配がなかったどころか、松平家の警備の者は酒を飲んで眠りこけている始末で、これまでの中では一番楽な盗みだった。

「気の所為《せい》だったのでしょうか」川尻が言った。

「だとよいのだがな。頼母が聞き歩いていたのが、どうも気になる」望月が答えた。

「あれは、桜井様の用心深さがなせる業《わざ》で、深い意味は……」笠原が首を横に振った。

「無い、と申すか」

「はい」笠原が言った。

「《山城屋》に借りに来たのか」

「まだのようです」

「借りに来れば笠原の言う通りだろうが、来なければ、少し頼母の動きに気を付けた方がよいかもしれぬ」

三人は厚い雲に覆われた夜の底を飛ぶように駆けた。

その三日後の三月二十日。

そろそろ見張りを始めてみるか——。

桜井が思っていた矢先、桜井の組が見回りを受け持っている明屋敷近くの町屋で火事があったという知らせが入った。火の粉は明屋敷にも降り注ぎ、隣の屋敷では庭木が燃えたらしい。

直《ただ》ちに明屋敷に出向き、屋敷の隅々まで調べた。明屋敷は無事だったが、屋根にも庭木にも灰が降っていた。もしも火が出たら、貰《もら》い火であろうと屋敷の管理を任されている桜井の失態となる。他の明屋敷もすべて徹底的に見て回るよう指示し、自らも先頭に立って走り回った。川尻の監視は後回しになった。

同じ、二十日の夜。

望月と川尻は、笠原と小寺が詰めている元榊原家の明屋敷に集まっていた。

先月の二十三日からこれまで、三日から五日に一度の割合で盗みに入っていた。これまで入ったのは七家、金子の合計は七百五十七両である。思った程金高は伸びていなかった。

「松平家は六万石だというのに、手文庫にあったのは、僅かに七十二両でございました。これではとても、一万一千両など、夢のまた夢です。この際、大店《おおだな》を狙ってみてはいかがでしょうか」川尻が望月に言った。

「町屋の者を襲うて金子を得るは、本意《ほんい》ではない。御上《おかみ》から大層な石高《こくだか》を賜《たまわ》っているにも拘《かか》わらず、怠惰《たいだ》に流れておる軟弱な武家どもに鉄槌《てっつい》を下《くだ》すのが目的のひとつである以上、これからも大名家か旗本家のみを狙うのが筋《すじ》と思うておる」望月が答えた。

「私もそう思います」笠原が言った。「大名や大身旗本にしては、額が少ないように思われますが、私にとっては驚くような金高です。あまり焦らない方がよいのではないでしょうか」

「しかし、何ゆえ大名屋敷に金がないのだ？」川尻が吐き捨てるように言った。

「あるにはあるのだろうが」笠原が応《こた》えた。「金蔵《かねぐら》にでも蔵《しま》ってあるのだろうよ」

「では、金蔵を襲っては？　手文庫も金蔵も同じことです」

「金蔵の方が、見張りが厳重なのではないか。姿を見られ、忍びと知れれば、我らが伊賀者であると探り当てられるやもしれぬ。虎穴《こけつ》には入らぬのが賢明《けんめい》、というものだ」望月が言った。

「でしたら、もっと大藩を狙ってみてはどうでしょう?」小寺が膝を乗り出した。

「大藩か」

小寺が頷《うなず》いた。

「加賀《かが》国前田《まえだ》家百二万石、その勘定《かんじょう》方に忍び込めば恐らく五百両は下らぬかと」

「そんなにか」川尻が目を輝かせた。

「小寺、川尻、心得違いをいたすなよ」

望月が、ふたりを見据え、口を開いた。

「思惑《おもわく》通りの金子を集めれば、伊賀者の暮らしが楽になる。我らはそのために、止むなく盗賊の真似事《まねごと》をしているのだ。このこと、決して忘れるでないぞ」

「十分心得ております。以前は疲れ果てていたのですが、長屋で横田の御新造に行き会うこともございます。以前は疲れ果てていたのですが、今は笑顔が覗くこともあるのです。私は、私たちのしていることが間違いではないことを確信しております。だから私は、少しでも早く金子を集めたいと、ただそれだけでございます」

「私もでございます」小寺の言に川尻が続いた。

「そうか。ならばよいのだ」望月は拳《こぶし》を握ると、明日だ、と言った。「明日、前田家の上屋敷に忍び込むぞ」

「明日で間に合いましょうか」笠原が訊いた。

明屋敷番の番所には、明屋敷は勿論のこと、拝領屋敷と名の付くところの絵図面はすべて揃《そろ》っている。

笠原が間に合うのかと問うたのは、明日の昼の内に組頭や他の小頭の目を掠《かす》め、前田家の絵図面を見る隙《すき》があるのかを危ぶんだのである。

「任せろ。それくらい出来なくて、小頭は務まらぬわ」

「行くのは誰と誰でしょうか」小寺が意気込んで尋ねた。

望月は三人の顔を暫く見回してから、済まぬが、と小寺に言った。

「今回は、控えに回ってくれ」

三

三月二十一日。夜四ツ（午後十時）。

加賀国前田家本郷《ほんごう》上屋敷は、江戸家老《えどがろう》・村井亦兵衛《むらいまたべえ》の命《めい》により、中屋敷と下屋敷から呼び集められた者たちによって警備を固められていた。

異例のことである。

先日、各藩の江戸留守居役《るすいやく》の集まりがあった。前田家では江戸留守居役を聞番《ききばん》と呼ぶが、集まりに出た聞番が、大名家の幾つかが賊に忍び込まれ、金子を盗まれたらしいという噂話を聞き付けて来た。

雄藩としての誉《ほま》れも高い前田家に、そのようなことがあっては断じてならぬ。聞番から知らせを受けた家老は、寝ずの番を命じたのだ。

下屋敷から作事方《さくじかた》の下役十人が上屋敷に送られて来ていた。

賊《ぞく》を捕えれば、出世出来るぞ。羨《うらや》ましがられて送り出されたその十人の中に、浅川亀左衛門《あさかわきざえもん》という男がいた。

亀左衛門が選ばれたのは、偶然だった。作事方の上役が、人数を送れと命じられ、身近にいた下役を適当に選んだ結果だった。

上屋敷に着くと、早速配置場所が告げられた。

上屋敷の者、中屋敷の者、そして下屋敷の者の順に、守るべき場所が割り振られた。玄関や御成御門、御殿内部の廊下には上屋敷の者が配置された。中屋敷の者は土蔵回りや櫓《やぐら》下を任された。浅川始め下屋敷の者は、馬屋回りと長屋前の巡回を仰《おお》せつかった。

十人をふたつの組に分け、五人ずつが仮眠と警備を交替で行なうこととなった。

事件は、浅川の組が夜回りをしていた丑《うし》の上刻（午前一時）に起こった。

その刻限に賊が忍び込んだと分かったのは、見回りに出た浅川らの組が、黒い影を目撃したからだった。

だが、彼らには、それが賊だという確信が持てなかった。その動きがあまりに素早かったため、目の錯覚《さっかく》かと思ってしまったのだ。

――今、何か動いたよな。

――そんな気がするが。

――あれは、ひとか？

──いや、犬かもしれん。

──犬が、あんなにでかいか。

──では、何だ？

──分からぬ。

──見間違いかもしれぬな。

見回りの最後に、下屋敷の統率を任されていた上屋敷の作事奉行に報告に行ったところ、

「念のためだ」

と、直ぐに調べが行なわれた。そこで初めて賊が押し入ったことが分かった。賊は、百五十両の金子とともに、前田家の家紋が入った文箱《ふばこ》を盗み出していた。

金子だけならば、たとえ大目付《おおめつけ》などに詰問《きつもん》されたとしても、賊の侵入を認めず、知らぬ存ぜぬで済ますことも出来ようが、家紋入りの品を盗《と》られたとあっては、認めざるを得ない。大失態であった。

だが、御殿内の廊下や座敷に詰めていた上屋敷の上級武士らの失態とするには憚《はばか》りがあった。家老の村井らは寄合を設け、賊を見ていながら直ちに報告しなかった、浅川始め下屋敷の者どもの失態とした。

浅川ら十人は、五十日の逼塞《ひっそく》を作事奉行から申し渡された。

その間、警備に就いた者どもにより、屋敷の周囲などが徹底的に調べられたが、盗まれた文箱は発見されなかった。

村井は、再度主立《おもだ》った者を集め、文箱の探索を町奉行所に頼むべきかどうか、論議に及んだ。村井自身は、町奉行所の手を借りるのも止むなし、という考えであったが、他の者は、

「町奉行所を頼るなど、もってのほか。御家の名を汚《けが》すことになりましょう」

と、家中の者の手で探し出すことを主張した。村井は結局、七日の期限を区切り、それまでに探し出すよう命を下した。

浅川亀左衛門の一子・萬三郎《まんざぶろう》は、父が横目《よこめ》配下の役人に囲まれるようにして帰宅してからのことを夢の中の出来事のように見ていた。

浅川家の門は閉ざされ、父は出仕差し止めの上、日中外出することを禁じられた。

何があったのだ？

父は語らず、横目からの説明もなかった。誰に訊けばよいのだ。萬三郎は、拳を握り締めた。

三月二十五日。九ツ半（午前一時）。

安芸国広島《あきのひろしま》、浅野《あさの》家四十二万六千石の中屋敷の表御門が目の前に聳《そび》え立っていた。

浅野家は、木綿に塩、鉄に紙と特産物が多く、内証の豊かな藩であった。

浅野家の上屋敷は、桜田《さくらだ》御門外の大大名家が居並ぶ中央にある。そこに商いの者を呼ぶことは憚られるからと、それらの者は中屋敷に呼ぶのが習いとなっていた。

中屋敷は赤坂御門外にあり、笠原と小寺が詰めている明屋敷と、川尻と阿久津が詰めている明屋敷の丁度中程にあった。望月らにとっては、願ったりの場所だと言える。

今度こそ、という思いが、望月らにはあった。

前田家の勘定方の部屋から盗み出せたのは、僅かに百五十両であった。腹立ち紛《まぎ》れに、川尻が文箱に手を出したのを、後で捨てるのだぞ、と命じて望月は許した。思いは同じだった。

小寺が望月を見た。阿久津も見た。望月は頷くと、海鼠塀《なまこべい》に沿って駆け出した。海鼠塀の上の塗塀が暗く覆い被さって来るような気がして、阿久津は一瞬たじろいだ。

土塀を越え、中屋敷に侵入した望月らは、警備の者が通り過ぎるのを待って、床下に潜り、難無く屋敷内に忍び込んだ。

竹筒に仕込んだ火種に息を吹き掛け、火を熾《おこ》した。それぞれの手の中で、仄《ほの》かな丸い明かりが生まれた。金子の在《あ》りかを探し始めた。

勘定方の手文庫には、二十五両の切餅《きりもち》が八個と小判五枚が収められていた。二百五両である。よしとすべき金高だったが、五百両程を予想していた望月らにとっては、物足りなかった。

（これだけか……）

戸棚の中を探っていた阿久津が、家紋の入った手文庫を見付け出した。中は空だった。

――こいつを日本橋の欄干にぶら下げてやりますか。

阿久津が竹筒の明かりで己の口許《くちもと》を照らした。望月は阿久津の唇の動きを読み、自らも唇を動かして見せた。

――駄目《だめ》だ。誰かが腹を切ることになりかねぬ。

——仕方ありません。またどこぞに捨てることにいたします。

——それで我慢せい。

——分かりました。

阿久津が手文庫を黒い布に包み、肩に担《かつ》ぎ、手許の明かりを消した。望月も明かりを消した。

廊下を通り、床下に戻り、警備の者の気配を探った。表の方から近付いて来る足音がした。裏へぐるりと回ろうとしているのだ。

望月らは、警備の者が行き過ぎるのを待った。警備の者は三人。それぞれが龕《がん》灯《どう》を手に、四囲《しい》に目を配りながら歩いて行く。

三人の後ろ姿が遠退いた。龕灯の明かりが小さくなっていく。

(行くぞ)

手で示し、望月が格子を外して床下から出た。阿久津と小寺が続いた。

後は、逃げるだけである。

小寺を先頭に、一列になって土塀へと向かった。足軽長屋の角を曲がれば、土塀へと抜けられる。その向こうは三分坂《さんぷんざか》の暗がりだ。小寺が急いでいる。長屋の角に達した。角口では必ず止まり、気配を探れ。忍び込む前に言い聞かせていることだった。

しかし、小寺は速度を落とそうとしない。望月は阿久津を追い抜き、小寺との間合を詰めた。その時には、小寺の身体は角口から飛び出していた。

「………」

小寺が押し殺したような声を上げ、角の向こうへと消えた。叫び声と龕灯の転げ落ちる音に続いて、ひとの倒れる気配がした。ふたりだ。

望月と阿久津が角口を回った。

ふたりの武士が血溜《ちだま》りの中に身を横たえていた。警備の者だった。

「止むを得ず斬《き》りました」小寺が刀に血振《ちぶ》りをくれながら言った。

「話は後だ。急ぎ、逃げるぞ。後に続け」

望月は辺りを見回してから言った。


同日。四ツ半（午前十一時）。

北町奉行所臨時廻《りんじまわ》り同心《どうしん》・加曾利孫四郎は、手先として使っている御用聞《ごようき》き・霊岸島浜町《れいがんじまはまちょう》の留松《とめまつ》と手下の福次郎《ふくじろう》を連れて、麻布竜土町《りゅうどちょう》での御用を終えての帰路にあった。

加曾利が追っていた盗賊・志太《しだ》の玉造《たまぞう》の隠れ家ではないか、という垂れ込みがあり、竜土町の百姓家を調べに出向いたのであった。だが、玉造の気配はまったくなく、百姓家にいたのは老いた夫婦だけだった。

また一から調べ直さなければならない。旨《うま》いものでも食って、気を取り直そうぜ、と赤坂今井町《いまいちょう》を抜け、三分坂から円通寺坂《えんつうじざか》に差し掛かったところで、福次郎が円通寺の繁みに目を遣った。

「どうした？」留松が背伸びをしている福次郎に訊いた。

「何か、光ったんで」

「見間違いじゃねえのか」

「ちょいと見て来やす」

草むらに分け入った福次郎が、親分、と頓狂《とんきょう》な声を上げ、手文庫を持ち上げた。

金蒔絵《きんまきえ》が施《ほどこ》された、遠目にも大名家か大店の主が金に飽《あ》かして作らせた、手の込んだ品であることが分かった。

「持って来い」留松が叫んだ。

丸に違《ちが》い鷹の羽《たかのは》の家紋に青海波《せいがいは》の文様が金蒔絵で描かれている。

「この紋所は、浅野様じゃねえか」

円通寺の裏は、浅野家の中屋敷である。

「どうして、こんなところに？」福次郎が首を捻った。

「何やら、きなくせえ感じがいたしやすね」留松が言った。

「誰か責めを受けている者がいないとも限らねえ。持ってってやるか。礼の一言くらいはあるだろう」

浅野家を訪ねると、用人とおぼしき武士が現われ、慇懃《いんぎん》な礼を述べた。加曾利は「大したことでは」と直ぐに立ち去ろうとしたが、用人はしつこく引き止め、どこで、どのようにして見付けたのか、聞き出そうとした。

円通寺の繁みの場所を教えてやり、加曾利は浅野家を後にした。

夜盗《やとう》に入られたに違いねえ。

それが加曾利と留松らの思いだったが、大名家の事件《こと》には、あちらから依頼がない限り、踏み込むことは出来ない。

験直《げんなお》しが増えちまったじゃねえか。加曾利が、飲むか、と留松に訊いた。

「昼間っからですか」

「昼の酒は、また格別じゃねえか」

福次郎が大きく頷いた。

三月二十八日。四ツ半（午前十一時）。

火事の備えに手抜かりがないか確かめ終えた桜井は、二日前の二十六日から、再び川尻の動きを見張っていた。

この二日間、川尻は阿久津徳三郎とともに赤坂御門外にある元土井家の明屋敷に詰め、目立った動きはしていない。桜井は物陰に潜み、物見窓の様子を窺《うかが》ったり、時折《ときおり》明屋敷の周囲を何気なく通り掛かった振りをして時を過ごしていた。

《山城屋》の方も気にはなっていた。三日前の二十五日、柘植に再び調べに入ると話した時には言えなかったが、ひとり人数を増やしてもらった方がいいかもしれない。そのようなことを考えながら、踏ん切り悪く元土井家の明屋敷に面した道筋を見張っていると、明屋敷を訪ねて来た者があった。

笠原であった。折詰《おりづめ》を下げている。まだ、元越後国高田、榊原家の明屋敷に詰めていなければならない刻限である。到来物《とうらいもの》の裾分けでもあろうか。昼餉《ひるげ》に間に合うように持参したのだろうが、務めをないがしろにしていると咎《とが》められても、口答えは出来まい。せめて、夕刻まで待てなかったのか。

桜井は笠原を見詰めた。笠原は物見窓で折詰を渡すと、そそくさと帰って行った。

その後は訪れる者もなく、日が落ちた。桜井は軽く舌打ちをした。《山城屋》に行っても、既に戸は閉《た》てられてしまっているだろう。組屋敷に引き上げるしかなかった。どうするか迷い、迷った序《つい》でにもう一刻（二時間）程見張ってから帰ることにした。

その一刻が過ぎようとした時、明屋敷の潜り戸が開き、川尻が姿を現わした。このような刻限に、持ち場を離れ、どこへ行くのか。即座に思い付いたのは、昼の返礼に笠原の詰める明屋敷に出向くのか、ということだった。

だが、川尻は直ぐには歩き出さなかった。門前に立ち、何事か考えた後、意を決したように定火消御役屋敷の方へと歩き出した。

その動きには、ためらいを振り切るような張り詰めたものがあった。

（何か、ある）

桜井は、胸の高鳴るのを感じながら、陰の中から足を踏み出した。

川尻がためらっていたのは、どの路《みち》を通って望月らの待つ元榊原家の明屋敷に向かうか、ということだった。集まる刻限は、折詰の中に忍ばせてあった紙片に記されていた。

近道をすれば早いのだが、三分坂を通らねばならない。先日、小寺が浅野家の家臣を手に掛けたところから、遠くはない。万一ということがある。近付かぬに越したことはない。川尻は足を急がせた。

宵五ツ（午後八時）を回っていた。旗本家の門限の頃合である。人通りはなかった。

桜井は、極限まで間合を空け、足音を殺して川尻の後を追った。うかつに近寄れば、相手も伊賀者だ。気取られてしまうだろう。

牛鳴坂《うしなきざか》の下りを前に見て右に折れ、丹後坂《たんござか》を上り、突き当たりを左に曲がると赤坂新町《しんまち》へと出る。

この辺りから、赤坂田町《たまち》五丁目にある岡場所《おかばしょ》に遊びに行く客の姿がちらほらと現われ始める。尾行がし易くなり、桜井は間合を少し詰めることにした。

川尻は大沢町《おおさわちょう》から一ツ木町《ひとつぎちょう》の通りを抜け、武家屋敷の小路へと入った。

桜井の表情に失望の影が射した。川尻の行き先が分かったからである。

昼の返礼であったか……。

元榊原家の明屋敷に向かっているのだ。

もう尾ける必要はなかった。足を止め、川尻の後ろ姿を見送っていると、ふいに川尻が小走りになった。誰かを追ってでもいるのだろうか。

誰だ？

桜井は、陰を縫うようにして近付いた。川尻の前に、望月が立っていた。

十郎太が、どうしてここにいるのだ？

桜井は、呼気《こき》の気配を断ち、闇の中に膝を突いて溶け込んだ。

川尻が、元榊原家の物見窓の下で両手を口許で結び、梟《ふくろう》の啼《な》き声を発した。

潜り戸が開いた。望月と川尻が入ると、閂《かんぬき》が掛けられた。

桜井はゆっくりと立ち上がった。

四

笠原が、大腰掛の脇を回ったところにある中の口（内玄関）から、望月と川尻を明屋敷内へと招じ入れた。

遅れて小寺が、明かりを灯《とも》したまま門番詰所を出、中の口に回った。

中の口脇の小部屋の燭台《しょくだい》に火が入った。

望月が、浅野家の警備の者二名を小寺が斬殺《ざんさつ》してしまった経緯《いきさつ》を川尻と笠原に語って聞かせた。

「二度と間違いを起こさぬよう、もっと綿密《めんみつ》に下調べをしなければならぬ、と覚全様に言われた。今日の集まりも、覚全様のお指図《さしず》による」

「すべてお話しになったのですか」笠原が訊いた。

「ひとつ隠せば、また別のことを隠さねばならなくなる。嘘《うそ》はない方がよいのだ」

「申し訳ございませんでした」小寺が板床に額を押し付けた。「私が焦っていたからです」

「あの警備の者にも妻子があるだろう。他家の郎党であろうと、微禄の者を悲しませるためにしていることではない。そのこと、構えて忘れるな」

「盗みを続ける以上、恐らくこれからも、同じようなことが起こるでしょう。多少の犠牲は致し方ないとは言え、何とかせねば」笠原が言った。

「どうすればよいのだ？」川尻が訊いた。

「姿を見られても、殺さず、当て身を食らわせるのはどうだろう」笠原が言った。

「それでは、伊賀者と直ぐに知れてしまうわ」川尻が詰め寄った。

「風魔《ふうま》の仕業《しわざ》に見せ掛けてはいかがでしょうか」小寺が、皆の顔を見回した。

「まだ東照神君《とうしょうしんくん》様御世《みよ》の頃、風魔の残党が江戸市中を荒らしたことがあったやに聞いておりますが」

　小田原《おだわら》が落城した後、北条《ほうじょう》家に仕《つか》えていた風魔が江戸に出、盗みを重ねたことがあった。

「我らとて伊賀者としての矜持《きょうじ》がある。罪をなすり付けるのは、好まぬ」笠原が首を横に振った。

「だが、これからも続けていく以上、なるべくなら疑われぬに越したことはない」

「…………」

「分かった。このことは、覚全様にご相談しておく。取り敢《あ》えずは、下調べをし、警備の実態を摑《つか》んだ上で実行することとする。それでよいか」

　頷いた川尻が、笠原と小寺に目を遣ってから、改めて望月に尋ねた。

「金高は如何程《いかほど》になったのでしょうか」

「一千百十二両だ」

三人の口からほう、と溜息《ためいき》が漏れた。

「千両を、超えたのでございますか」

「九家で、これだけだ。一家につきおよそ百二十三両。大家を狙ったにしては少ないとも思えるが、上々の滑り出しと言えるであろう」

「すでに明屋敷番のうち十六家が《山城屋》を訪ね、それぞれ金子を借用したと聞き及んでおります。もっと、もっと盗まねば、いずれ足りなくなると思われます」川尻が言った。「やはり、大店を狙っては……」

望月が、川尻を手で制した。蠟燭の火が揺れた。

望月が跳ね飛び、襖《ふすま》に刃を突き立てた。川尻と笠原が襖を左右に開き、隣室に飛び込んでいる間に、小寺が廊下に出、退路を断った。

部屋の隅に黒い影がうずくまっていた。

「誰だ?」望月が叫んだ。

「聞いたな」斬り掛かろうとして、笠原が動きを止めた。「桜井様……」

「何?」望月は、目を凝らした。

黒い影が顔を仄明《ほのあ》かりに晒《さら》した。

「頼母……」

「《山城屋》のからくり、聞かせてもらった。盗っ人に成り下がるとは、十郎太、見損《みそこの》うたぞ」

「言うな、言うな」

川尻が喚《わめ》きながら刀を振り被《かぶ》った。

「待て」望月が、両の手を横に広げ、押し止《とど》めた。「頼母、話を聞いてくれ」

「何だ？」

望月は、横田左兵衛のことから話を始め、伊賀者の処遇を語り、桜井に問うた。

「我らは伊賀者として恥ずかしくないよう、日々研鑽《けんさん》を積んで来た。笠原と走ったお前なら、分かるだろう。一朝事《いっちょうこと》ある時は直ちに御馬前に馳《は》せ参じることが出来るよう、怠《おこた》り無く鍛《きた》えてある。我らのような覚悟をしている者が他にいるか。なのに、我らに対する扱いは、どうだ。虫けらと同じではないか。それでも耐えろ、と頼母は言うのか。不満ではないのか」

「それが、夜盗の真似事をしている言い訳か」桜井が怒声《どせい》を上げた。「目を覚ませ」

「分からぬのか。我ら明屋敷番伊賀者が、皆揃って苦難を乗り切るための便法だ。私利私欲《しりしよく》のためではない」

「十郎太、腐ったな」

「何もせず、立ち腐れているのは、頼母、お前の方だ」

「桜井様、我らの得た金子で助かっている者が大勢いるのです」笠原が言った。

「盗んだ金で助けても、意味がない」

「お願いでございます」小寺が言った。「桜井様の胸ひとつに収めていただけないでしょうか」

「出来ぬ。御定法《ごじようほう》に背《そむ》いた者を見逃す訳にはいかぬ」

「我らを探ったは、頼母ひとりの才覚か」望月が訊いた。

「……そうだ、と言ったら」

何とする？　桜井は答えながら刀を抜き、廊下にいた小寺に襲い掛かった。

刀身が黒い。暗がりで刀身が光らぬよう、綿色を掛けた刀を使っている。熱した刀身を絹で擦《こす》り、黒く染めているのだ。

常日頃から、何事にも備えている。桜井頼母は、そういう男だった。死なせるには惜しかった。

望月がためらっている間に、小寺の脇を抜け、中の口から飛び出そうとした桜井が、俄《にわか》に転倒した。

　もがいている。もがく度に、金物が何かを引っ掻《か》く音がした。桜井の手と足を刺し貫いた太い針の先が、板廊下に当たっていたのだ。伊賀者が鑿《さく》と呼ぶ、畳針を異様に長くしたものに柄を付けた忍器であった。長さは一尺（約三十センチ）余りもある。その鑿を手足に投げ付け、相手の動きを封じる技を、特に《伊賀の縫《ぬ》い針《ばり》》と言った。既に百年以上前に廃《すた》れた技だった。

　桜井が、中の口を見上げた。

　黒い影が行く手を遮るように立っていた。手に鑿を握り締めている。

「《伊賀の縫い針》か……」桜井が己の手足に刺さった鑿を見ながら言った。「まだ、使う者がいたとは……」

「知らなんだ己《おの》が不明を恥じよ」

　黒い影が僧衣を翻《ひるがえ》した。

「覚全……」

「覚全様」

　桜井に遅れて望月が叫んだ。覚全の手の鑿が鈍《にぶ》く光った。

「それは」

「儂が鑿を使っては、おかしいか」

「いえ、驚いただけでございます」

望月の言葉に、笠原、小寺、川尻の三人が頷いた。

「物事を成すには力が要る。それだけのことだ」

覚全は桜井を見下ろすと、話は聞いた、と言った。

「我らが目的を遂《と》げるためには、邪魔者は消えてもらうしかない」

望月らが生唾《なまつば》を飲み込んだ。

「新造らの暮らしは」と覚全が桜井に言った。「《山城屋》が面倒を見てくれる。心置きなく冥土《めいど》に赴《おもむ》くがよい」

桜井が這《は》って逃げようとした。鑿が板廊下に当たって鳴った。

「それまでだ」

覚全は、鑿を無造作に桜井の首に打ち込んだ。鑿は首筋に深々と突き刺さった。桜井の身体が震えながら廊下に沈んだ。

「伊賀者に、ためらいは無用ぞ。よいな」覚全が、望月に言った。

「承知、いたしております」

「桜井か。後ろにいるのは、柘植殿だな」

「恐らくは」

「決まっている」

「亡骸《なきがら》ですが、いかがいたしましょう？　埋めますか」小寺が言った。

「晒《さら》すのだ。いきなり小頭がひとり行方知れずになれば、大騒ぎになる。亡骸は人目に晒して、町方に片付けさせてしまった方がよい」

「しかし、桜井様が殺されたと知れば、柘植様が黙っては」笠原が言った。

「組頭が気付く前に、葬らせるのだ。一番近い岡場所というと、田町か」

「左様でございます」

「如何程《いかほど》で遊べる？」

「二朱と聞いております」

「女と客の質は？」

「中、というところでしょうか。柄《がら》の悪い客は上げないようにしているという話もございます」

「鮫ケ橋は？」

「あそこは夜鷹《よたか》の巣でございまして、言ってみれば掃溜《はきだ》めでございます」

「よし、鮫ケ橋だ。川があったな」

「紀州様の御屋敷の裏に溝川《どぶがわ》がございましたが……」

「その川に捨てるのだ。土地の者との諍《いさか》いか物取りの仕業に見せかけてな」

「頼母は、いえ桜井は、物取りにむざむざと殺されるような者ではございません」望月が押し殺した声で言った。

「私情は捨てよ。お主が何と思おうと、もはや後戻りは出来ぬことを知れ。よいか、岡場所辺りの川に浮かんだ亡骸だからこそ、よいのだ。町方は、ろくすっぽ調べもせずに埋めてくれるはずだ」

「……《縫い針》の傷痕《きずあと》が付いておりますが、そこから覚全様に辿《たど》り着くようなことは」川尻が口を挟んだ。

「儂が《縫い針》を使うことは、柘植殿は勿論、誰も知らぬこと。今時、使う者とておらぬしな。分かりはせぬ。それに柘植殿が気付く頃には、肝心《かんじん》の亡骸は土の下だ」

「ひとつ、気掛かりがございます」笠原が言った。「読売のことを忘れておられます」

「何?」

「奴どもは何事も直ぐに嗅《か》ぎ付け、書き立てます。桜井様が組屋敷に帰らぬ。探しているところに、読売が柘植様の目に留《と》まったとしたら。町方の目は誤魔化せても、柘植様の目は」

「よいところに気が付いたな。よし、儂が何とかしよう」

「何とか、と仰しゃっても……」望月は、笠原、川尻、小寺の顔を見回した。

「目を逸《そ》らさせればよいのだ。簡単なことだ。ひとだかりを作ってやろうではないか」

望月が、はっとして覚全を見た。しかし、口を閉ざした。

「皆は、桜井の始末をしてくれ」

髷《まげ》を解き、下帯ひとつにして捨てよ。覚全が命じた。目眩《めくら》ましのためだ。背中にも一太刀浴びせておくのだ。


三月二十九日。六ツ半（午前七時）。

汐留《しおどめ》川に架かる芝口橋《しばぐちばし》の南詰に、芝口西側町《にしがわちょう》はあった。町の東を金杉《かなすぎ》橋へと続く東海道が通る、繁華な町である。

自身番は、間口二間（約三・六メートル）奥行き三間（約五・四メートル）のごくありきたりのものだった。

町木戸が開いて、半刻（一時間）。自身番の前の掃除《そうじ》を終えた店番《たなばん》の宗吉《そうきち》が、三畳の畳部屋に上がると、町内の人別《にんべつ》などを記帳していた番人がお茶の用意を始めた。大家《おおや》の伝兵衛《でんべえ》が、お茶請《う》けの菓子を包みから取り出している。この三人に、五ツ半（午前九時）になると大家と店番のふたりが加わる。総勢五人で夕刻まで詰めると、夜番の者が交替に来る手筈《てはず》になっていた。

お茶が入った。宗吉が礼を言って、一口啜《すす》った時、自身番に入って来た者がいた。

絹の頭巾《ずきん》を被り、木製の小箱を下げている。医者だろうか。

「何か」宗吉が、膝隠しの衝立《ついたて》を脇に退《ど》け、尋ねた。

男は、黙って自身番に上がり込むと、後ろ手で腰高障子《こしだかしょうじ》を閉めた。

「何です？」宗吉の声が裏返った。大家の伝兵衛が包みを握り締めた。

男が突然、背帯に差していた長い針のようなものを抜き払った。切っ先が白く光った。鑿《さく》だった。

声を発する間もなく、宗吉に次《つ》いで番人が前のめりに倒れ、続いて伝兵衛が額から一筋の血を流して息絶えた。

僅か数瞬の出来事だった。

男は宗吉の着物の裾で鑿の血を拭うと、背帯に差し、羽織の陰に隠した。

男が耳を澄ました。ひとの来る気配はない。

男は衝立を元の場所に戻すと、障子を開け、町へと滑り出た。

自身番の者が殺されたのだ。覚全は直ぐに発見されるであろうと考えていたのだが、訪ねる者もなく、発見されたのは五ツ半になってやって来た店番によってであった。

直ぐさま使いの者が、月番の北町奉行所に走った。

鷲津軍兵衛は外出しており、ひとり加曾利孫四郎が年番方与力《ねんばんかたよりき》の島村恭介の出仕を待って、奉行所に残っていた。

大事件である。加曾利は目の色を変えて、飛び出して行った。

第三章　物の怪《もののけ》

一

三月二十九日。昼四ツ（午前十時）。

加曾利孫四郎が芝口西側町の自身番《じしんばん》からの知らせを受け、押《お》っ取《と》り刀《がたな》で駆け付けている頃――。

定廻《じょうまわ》り同心《どうしん》・小宮山仙十郎は、赤坂御門外の見回りを終え、紀州徳川家の上屋敷から鮫ケ橋へと向かっていた。供をしているのは、神田八軒町の銀次とその手下らである。

川岸の緑が濃い。蛙《かえる》も鳴いている。間もなく立夏《りっか》を迎えるのだ。杜若《かきつばた》の白い花が、見回りの無聊《ぶりょう》を慰《なぐさ》めてくれる。

「何事も……」

なければよいのだがな、と銀次に言おうとして、仙十郎は口を噤《つぐ》んだ。前から駆けて来る男がいた。手を上げている。八丁堀《はっちょうぼり》と知って合図《あいず》をしているのなら、考えられることはひとつ。何か起こったのだ。

「何でえ、何でえ」

叫びながら銀次が飛び出した。手下の義吉と忠太が続いている。

「溝川《どぶがわ》に人が浮かんでおります」男が言った。

銀次が仙十郎を振り向いた。聞こえている。仙十郎が頷《うなず》いた。

「死んでいるのか」銀次が男に尋ねた。

「あれで生きてたら、化け物ですぜ」

「仏は、引き上げたのか？」

「岸に上げようと言う者もいたのですが、手を付けない方がいいだろうと思い、そのままにしてあります」

「それでいいぜ。誰か見てるのか？」

「へい」

銀次に答えた。仙十郎は男の名を訊《き》いた。

元鮫河橋《もとさめがはし》表町《おもてまち》の自身番に詰めている店番《たなばん》の与吉《よきち》だと名乗った。

「詳しく話してみな」

この日の六ツ半（午前七時）、普請場《ふしんば》に向かおうとしていた大工の半助《はんすけ》が紀州家裏の溝川で仏を見付け、自身番に駆け込んだのだと分かった。

「そろそろ旦那方がお見えになる頃合と思いましたので、お迎えに上がった次第でございます」

定廻り同心は、見回路《みちすじ》を毎日ほぼ同時刻に回ることになっている。同心に用のある者は、その時刻に合わせて待ち受けるのである。

「よし、行くぞ」

案内された溝川に、下帯ひとつの男の死骸《しがい》が浮いていた。髷《まげ》が解け、藻《も》に絡《から》んでいる。

死骸を載せる戸板や、上に被《かぶ》せる菰《こも》は、与吉ら自身番の者が用意しておいてくれていた。仙十郎は、死骸の浮かんでいる様子を書き留めてから、引き上げるように命じた。

「大工の半助だが、どこに住んでいるか、分かっているのだろうな」仙十郎が与吉に訊いた。

「それはもう」

「どこだ？」

「近くでございます。ですが、今時分に普請場からこちらに戻って来るように言っておきましたので」

「戻って来たのか」

「はい。そこに控えております」

振り向くと、腹掛《はらが》けに股引《ももひき》、半纏《はんてん》を纏《まと》った半助らしい男が、首を前に突き出すようにして頭を下げている。

半助の話から、仏は見付かる直前に投げ込まれたものではなく、昨夜か夜が明ける前に放《ほう》り込まれたものであると分かった。半助始め、誰も水音を聞いていなかったし、それを裏付けるように、川岸の土は乾き、流れのない溝川の水は静まっていた。

義吉が手を、忠太が足を持ち、溝川から引き上げられた仏が、戸板の上に寝かされた。髪や身体《からだ》に藻や泥がこびりついている。

「済まねえ。きれいな水で身体を洗ってやりてえんだが、水を頼めねえか」

仙十郎に言われ、与吉と大家らが自身番に走った。水が来る間に、溝川の深さなどが測られた。

その頃――。

臨時廻り《りんじまわ》同心・鷲津軍兵衛は、溝川から一町半（約百六十四メートル）のところにいた。

旗本《はたもと》・妹尾周次郎《せのおしゆうじろう》に、首斬《くびき》り浅右衛門《あさえもん》こと御試御用《おためしごよう》を務める山田《やまだ》浅右衛門が屋敷に来るからと誘われ、訪れていたのである。

腰物方《こしものかた》の屋敷に御試御用の浅右衛門が来るとなれば、本来なら役目絡みで、軍兵衛としては遠慮するところなのだが、用向きは務めのことではなく、周次郎の持つ島田鍛冶三代義助《しまだかじさんだいぎすけ》の脇差《わきざし》一尺八寸（約五十四センチ）を見るということなので、軍兵衛も加わることにしたのである。

「今日は早目に出るぜ」

軍兵衛は出仕《しゆつし》した足で、御用聞《ごようき》き・小網町《こあみちよう》の千吉《せんきち》と手下の新六《しんろく》、佐平《さへい》、それに中間《ちゆうげん》の春助《はるすけ》を伴い、鮫ケ橋に回った。

旗本・副島彰二郎《しようじろう》の差料《さしりよう》・関孫六三本杉《せきのまごろく》のことで、一月の末に山田家を訪れ、一件が落着《らくちやく》した後、礼に出向いたので、浅右衛門に会うのは三度目になる。剣やひとの身体についての該博《がいはく》な知識を、ひけらかすことなく淡々《たんたん》と語る浅右衛門に、軍兵衛は好ましいものを覚えていた。

脇差を見終え、茶を飲みながら、四方山話《よもやまばなし》をしている時に、千吉が恐れながら、と庭先から回って来た。妹尾家の中間の源三《げんぞう》が、溝川に浮かんだお六《ろく》の話を聞き付けて来たのである。

南無阿弥陀仏《なむあみだぶつ》が六文字であることから、死んだ者をお六と言う。

「自身番の連中は定廻りの旦那が来るのを待っているという話ですが、いかがいたしやしょう?」

「四ツ谷は誰の受け持ちだ?」千吉に尋ねた。

「今月から小宮山の旦那でございます」

「手伝ってやるか」

「選《え》り好みをするのか」周次郎が笑った。

「明日のお務めから逃れるために、仕事を分捕《ぶんど》るのだ。お守《も》りは嫌いなのでな」

明日四月一日は、総登城の日であった。

すべての大名旗本が、列を成して千代田《ちよだ》の御城に上がるのである。途次《とじ》に何事も起こらぬよう、南北両奉行所の与力《よりき》同心のうち、急ぎの案件を抱えていない者はすべて、市中に出て見回りに就かねばならなかった。

「我儘《わがまま》な男だ」

「そうであっても、押し通せれば勝ちですな」浅右衛門が言った。

「勝手を言っているのは分かっているのですが、性分《しょうぶん》で嫌なことは出来ないのです」

「それが出来る鷲津殿が羨《うらや》ましい」

「俺も、そう思う」周次郎の口調がしみじみとしたものに変わった。

それを潮《しお》に、浅右衛門が立ち上がりながら言った。

「参りますか。帰り道ですから、私も同道し、お邪魔でなければ、亡骸の様子を見せてもらいましょう」

「助かります」

浅右衛門の屋敷は喰違《くいちがい》御門から紀尾井坂《きおいざか》を下った先の平川町《ひらかわちょう》にあった。

妹尾家を辞し、表町を行くと、一目《ひとめ》仏を見ようという見物人でごった返していた。

千吉が新六と佐平を連れて先に行き、見物人を退けている。

人垣が切れ、仙十郎らと戸板の上の仏が見えた。銀次が軍兵衛に気付き、仙十郎に知らせている。仙十郎が頭を下げた。

仙十郎の動きを見て振り向いた者の中に、浅右衛門の顔を見知っている者がいた。

「首斬りだ……」

声が波のように広がり、見物人たちは急に押し黙った。

「追い払いましょうか」戻って来た千吉が軍兵衛に訊いた。

「そうしてくれ」

「いやいや」浅右衛門が言った。「この中に、事のあらましを見ていた者がいるやもしれません。町方《まちかた》に知らせたいが、言い出せない、というのが。言い出す機会を与えてやりましょう。私は陰口には慣れていますから、どうぞお気になさらず」

「よろしいんで？」千吉が軍兵衛に訊いた。

「では、そのようにさせていただ《くだ》きますが」と浅右衛門に言い、軍兵衛は続けて千吉に言った。「もし、何か下らねえことを呟《つぶや》く奴がいたら、構わねえ。自身番に連れて行って、縛《しば》り付けておけ」

軍兵衛の声を聞き取った見物人たちが顔を見合わせている。何人かは、帰って行った。

軍兵衛は、浅右衛門と仙十郎を引き合わせると、改めて訊いた。

「まだまだ見回らねばならんのだろう。後は俺が見よう」

「ありがとうございます」

思わず礼を言った仙十郎が、軍兵衛と浅右衛門の顔を交互に見た。

「でも、どうしておふたりがここにいらっしゃるのですか」

くどくど話すのは面倒だった。答えずに仏について尋ねた。

「知っていることを話して行け」

仙十郎は死骸を見付けてからの経緯《いきさつ》を掻《か》い摘《つま》んで話してから、傷《きず》について触れた。

「手足と首筋に刺し傷らしい痕《あと》と、背中に刀傷がありました」

軍兵衛は、仙十郎が指した箇所を探りながら聞いた。

「どう鑑《み》た？」

「身包《みぐる》みを剥《は》がされているので、物取りの仕業に見えますが、どうも違うようです」

「話してみな」

仙十郎は、死骸の脇に屈《かが》むと、

「髷を解かれていますが、この者は侍です」と言った。

「身体がでかいからですか」新六が訊いた。

「旦那のお話の腰を折るんじゃねえ」千吉が新六の襟首《えりくび》を摘んで、後ろに引いた。

「まあ、いい。話してやれ」軍兵衛が仙十郎に言った。

「足の大きさが左右で違うであろう」

「刀の重みを支えているので、左足が見た目に分かる程大きいんだ。こんなのは、イロハじゃねえか。情けねえ奴だな」千吉が新六を小突いた。

「掌《てのひら》と額《ひたい》に竹刀《しない》胼胝《だこ》と面胼胝《めんだこ》が出来ている。このことから、剣の習練《しゅうれん》に熱心であったことが窺《うかが》える。それに、この身体だ。これだけ鍛《きた》えた身体は当節《とうせつ》滅多《めった》にお目に掛かれるものではない。恐らく相当な遣《つか》い手であったはずだ」

「そのような者を倒すとなると、周到《しゅうとう》に用意しなけりゃならねえ」

軍兵衛の言を受け、浅右衛門が言った。

「手足に刺し傷があるのは、そのためかもしれませんな。針のようなものを刺して動きを封じてから襲うとか。やはり、単なる物取りではないという見方が正しいようですな」

「この者は、殺されてから水に落とされているぜ」

「見てみろ」と軍兵衛が、死骸の腹を押しながら言った。「この者は、殺されてから水に落とされているぜ」

腹が膨れていないことと、爪《つめ》に泥が入っていないことから、それと分かるのだ、と千吉が新六と佐平に説《と》いた。

「生きてるうちに水に落とされれば、水を飲むし、もがくからな」

「でも、水に落としたのは、仏を見付けにくくしただけで、深い意味はないのでは」仙十郎が首を捻《ひね》った。

「殺した者が、殺しの後にわざわざしたことだ。意味のないことなんぞ、ねえ。水に落とすには、それなりの訳があったと考えるべきだろうよ」

「死に場所を誤魔化《ごまか》そうとしたのですね」

「それと、どの傷が原因《もと》で死んだのか分からぬように細工をしたのかもしれませんね」浅右衛門が言った。「背中の斬り口をご覧なさい」

浅右衛門が傷口を押した。血ではなく、水がすっと傷口から流れた。

「生きていた時に斬ったものなら、血が出ます。出ないということは、殺してから斬ったことになります。水に漬かっていたので正確には分かりませんが、傷口の皮や肉が縮まっていないようです。これも生前に斬れば、縮まるものなのです。鷲津殿の言い方を借りると、どうして、殺してから斬る必要があったのか、ということになります」

「余程《よほど》恨《うら》みがあったか、どうやって死んだか誤魔化すためでしょうね」

「誤魔化すためだ」

「そう考えるのが妥当《だとう》のようですね」浅右衛門が、死骸を見詰めたまま言った。

「どこぞの御家中の揉《も》め事かもしれねえな」軍兵衛が死骸に菰を被せながら言った。「医者と、それから絵師も呼ぶか」

「絵師も、ですか」仙十郎が訊いた。

絵師を呼ぶのは、似絵《にせえ》を描かせるためである。似絵を描かせるか否かを決するのは、個々の同心の裁量に委《ゆだ》ねられていた。ちなみに、奉行所が発行する人相書は、顔かたちや容姿の特徴のみが箇条書《かじょうが》きに記されただけのもので、似絵は付いていなかった。

「この一件、どう転んで行くか、分からねえからな」

軍兵衛は、絵師は菱沼春仙《ひしぬましゅんせん》と決めていたが、医師は近くの者を呼ぶようにしていた。

「一番近いのは誰だ？」軍兵衛が千吉に訊いた。

「あっしの知っているところでは、柄沢良庵《からさわりょうあん》先生しか」

「甘酒《あまざけ》先生か」

どのような患者にも、薬ではなく甘酒を勧めるという風変わりな医者だった。

「大丈夫か」

「さあ、どうでしょう」

「それ程複雑なことはなさそうだから、あの先生でもいいか。甘酒飲ませれば、生き返るなんて言わねえだろうな」

軍兵衛の軽口を脇で聞いていた浅右衛門が、

「柄沢先生なら信頼出来ますよ」と言った。「私は懇意《こんい》にしてもらっています」

「左様でございますか」千吉が応《こた》えながら、どうするか、と軍兵衛に目で訊いた。

「お連れして来てくれ」

医師と絵師が来るまで待たなければならない。仙十郎は見回りを再開し、浅右衛門は屋敷に戻ることになった。

医師を呼びに新六が、絵師を呼びに佐平が走った。その間に、千吉に指図を任せ、自身番の者に溝川を浚《さら》わせた。何も出て来なかった。

見物人のうち数人は帰ったが、新たに加わった者がいるらしい。十余人がじっくりと腰を据えて見ている。

暇な奴らだぜ。

腹の中で悪態を吐《つ》いているうちに、新六に伴われて医師の柄沢良庵がやって来た。

「ご足労を掛けて済みません。お調書《しらべがき》に必要なんで、診《み》てやっていただけませんか」

「承知いたしました」

検屍《けんし》するには下帯を外さなければならない。自身番に運んでおくべきであったと気付いたが遅かった。浅右衛門に見せていたので、運ぶことを後回しにしたのが、手順を狂わせたのだ。

仕方ねえか。

見物人を後ろに下げ、自身番の者で垣《かき》を作り、検屍を行なうことにした。死骸の下帯を解いた。

良庵が新六に手伝わせ、死骸を丁寧に診ている。手足と首筋の刺し傷を調べ終えると、俯《うつぶ》せにするように言った。千吉と新六が、死骸を裏返した。

「奇妙ですな」と良庵が言った。「殺されてから、斬られている」

良庵が背中の金瘡《きんそう》について、浅右衛門と同じことを言った。

「息の根を止めたのは、これでしょうな」

良庵が首筋の刺し傷を押した。一筋の血が、糸を引くように流れ出た。血が出るということは、生きているうちに刺された傷だということだ。

「何で刺したか、得物《えもの》は分かりますか」

「畳針のようなものでしょうな。それ以上は」良庵が、裾《すそ》を叩《はた》きながら言った。

「先生、ありがとうございました。失礼ですが、見直しました。二度と甘酒先生などと申し上げねえようにします」

「いやいや、甘酒は天下の妙薬《みょうやく》だからな、甘酒先生と呼ばれるのは私の誇りなのです。止《や》めんで下され」

「それでは、甘酒先生」

良庵に検屍の始末を半切れに書いてくれるよう頼んだ。検屍は初めてだという良庵に、日付けと刻限に場所、それに所見《しょけん》を書いてもらえばよいことを話している時、見物人に紛《まぎ》れて軍兵衛らに鋭《するど》い眼差《まなざ》しを向けている者がいることに気付いた。

軍兵衛は向きを変えながら千吉を呼び、

「笑え」と小声で言った。

千吉が、口を開け、へへへ、と声に出した。良庵が、驚いて軍兵衛と千吉を見ている。

「先生も笑って」

良庵が、頰《ほお》を引き攣《つ》らせながら、唇の両端をずり上げた。

「そのままで聞け」と千吉に言った。「俺の尻の方向に浪人風体《ふうてい》の者がいる。分かるか」

「そりゃあもう」千吉が歯を覗《のぞ》かせて答えた。

「どこの誰だか、新六を連れて尾《つ》けてみてくれ。何か引っ掛かるんだ」

「あっ」と千吉が呟いた。

「どうした？」

「野郎、引き上げます」

「行ってくれ」

軍兵衛は新六を呼び、俺は暫《しばら》くこの辺りを調べている。何かあったら元鮫河橋表町の自身番に来るか、ひとを寄越《よこ》せ、と早口で言い、千吉の後を追わせた。

「私は？」良庵が言った。

「帰っていただいて結構です。後程《のちほど》、ひとを遣《や》りますので、それまでにお願いしたものを書いておいて下さい」

「分かりました」

医者は帰ったというのに、まだ絵師が来なかった。他出《たしゅつ》しているのだろうか。

店番の与吉を呼び、仏を自身番まで運ぶように命じた。与吉が、後退《あとじさ》りしている大家に、反対側を持つよう頼んでいる。

「あたしがかい？」大家は手と首を横に振り、いやいやをした。

見逃す軍兵衛ではない。

「嫌か」軍兵衛が訊いた。

「まさか」と大家は、手揉《ても》みしながら言った。「喜んで」

「喜ぶような仕事《こと》じゃねえだろ」

「……持ちますよ」

大家は渋々《しぶしぶ》戸板に手を掛け、与吉に言った。

同じ頃、千吉と新六は浪人の後を尾けていた。

浪人は四ツ谷御門前を通ると、そのまま神田川沿いに市ケ谷御門の方へと歩いて行く。

辺りを見回す訳でもなく、足の運びにも乱れがない。それが、千吉には気になった。

気付かれているのではないか。

「離れるぜ」

相手に気取《けど》られぬよう、千吉は新六を遥《はる》か後ろに下げ、己も間合を空けて尾けることにした。

浪人との間をひとが通る。武士が、草履《ぞうり》取りが行き、勧進坊主《かんじんぼうず》が、商家の旦那が、手代が、小僧が、どこに行こうとしているのか、せかせかと歩いている。

それらのひとびとの陰に隠れながら、見逃さぬよう浪人の後ろ姿を追った。

尾張徳川家の上屋敷を過ぎ、市ケ谷御門の前に出たが、浪人の足は止まろうとしない。八幡宮《はちまんぐう》に参詣《さんけい》するひとと門前の岡場所に繰《く》り出すひとで、通りの見通しが悪くなった。千吉は新六に手招きをし、浪人との間合を詰めた。

新六が背後に付いた。

「どこまで行くんでしょうか？」

「俺に訊くな。奴に訊け」

「親分、話し方が鷲津の旦那そっくりですぜ」

「下らねえことを言ってるんじゃやねえ」

怒りはしたものの、思わず頬が緩んだところを見計らったかのように、浪人が市ケ谷田町二丁目の杉屋横町《すぎやよこちょう》に切れ込んだ。

千吉と新六は小走りになって角口まで行き、さりげなく小唄《こうた》混じりに角を曲がった。

道は真《ま》っ直《す》ぐ続いていた。町屋の者が何人か背を見せて歩いている。浪人が路地を曲がった。

直ぐさま走り寄り、千吉に続いて新六が路地を覗いた。しかし、猫が一匹塀の上で寝ているだけで、浪人の姿はどこにもなかった。

「えっ……」新六が小さく叫んだ。

まだ、曲がって間がない。どこかに走り去る余裕はなかったはずだった。路地の両側の家々を見た。お店《たな》の裏の板塀が並んでいるだけで、身を隠すようなものは何もない。

だが、浪人の姿は、掻《か》き消すように見えなくなっていた。

「親分……」新六が、泣き出しそうな声を上げた。

「消えやがった」千吉が辺りを見回しながら呟いた。

「物《もの》の怪《け》みてぇでござんすね」

「馬鹿《ばか》野郎、そんなのがいて、堪《たま》るか」

怒鳴《どな》りはしたものの、千吉も薄ら寒いものを感じていた。

二

同日。遡《さかのぼ》ること三刻（六時間）。

明け六ツ（午前六時）の鐘が鳴り始める頃、四ツ谷御門外の伊賀町にある明屋《あけや》敷番《しきばん》伊賀者の組屋敷で、騒ぎが起こっていた。

小頭《こがしら》の桜井頼母が昨日から組屋敷に戻っていないことが、夫の身を案じた新造《しんぞう》の問い合わせで判明したのである。

武士が守るべき規律は厳しい。出奔《しゅっぽん》の意志の如何《いかん》に拘《かか》わらず、無届けで丸一日組屋敷に戻らぬ時は、切腹は免《まぬか》れない。大事件であった。

即座に、組頭の柘植石刀に、知らせがもたらされた。

「至急、心当たりを探せ」

と桜井の配下・児玉佑之助《こだまゆうのすけ》と牧田元太郎《まきたげんたろう》に命じはしたが、桜井自身の意志でなければ、と桜井に出奔しなければならない理由などあるはずがなかった。桜井自身の意志でなければ、何らかの事情がそこにあるのだ。考えられるのは、柘植が命じた探索に絡《から》んでのことしかない。

《山城屋》が伊賀者に金を貸しているという噂《うわさ》の出所を探るよう命じたのは、三月五日であった。あれから報告は何度か受けていた。最後に聞いたのは、火事の備えを確かめ、明日から再び見張りに戻ると言っていた三月二十五日のことである。それから数日の間に、何か見聞きでもしたのだろうか。しかし、夜には必ず組屋敷に戻るよう釘《くぎ》を刺しておいた。どうして、帰って来ないのか。帰れない訳でもあるのだろうか。

見張りに戻ると言った時に、何ゆえ、詳しくそれまでの経緯を聞かなかったのかが悔やまれた。確かなことが分かるまでは口を濁《にご》す桜井の癖《くせ》を知っていたがゆえに、桜井の裁量に任せてしまっていた。

もしや。

最悪の場面が頭に一瞬浮かんだが、柘植はそれを強く否定した。

ともかく、桜井頼母の組屋敷を訪ねてみよう。

組屋敷は静まり返っていた。開け放った障子《しょうじ》の向こうに新造が座り込んでいる。話を聞き、桜井の覚書《おぼえがき》も見せてもらったが、役目のことを記した記述はなかった。次《つ》いで横田左兵衛の組屋敷に出向いた。桜井から受けていた報告を己の目と耳で、一から確かめようと思ったのだ。

報告通り桜井は、三月六日の昼前に訪ね、焼香をし、《山城屋》の件を誰から聞いたのか尋ねていた。そこで小頭の望月の名が出た。

望月を、組屋敷に訪ねた。

「あの時、私は川尻から聞いた、と答えたように覚えております。《山城屋》のことは、それきりになっていたように思いますが。それにしても、頼母は何ゆえ出奔などいたしたのでしょう？」

「出奔だと、誰が決めた？」

「ですが……」

「軽々しく下らぬことを申すでない」

「はっ」望月は恐縮《きょうしゅく》して頭を下げた。

「邪魔したな」

柘植は荒々しく木戸を閉めると、川尻が詰めている明屋敷に向かった。川尻の名は、何度か桜井の口から出ていた。《山城屋》から金子《きんす》を借りているだけでなく、何か関《かか》わりがあるかもしれないと思い、《山城屋》から後を尾けてみましたが、行き先は西念寺でした、と言っていたことを思い出した。

川尻に会ったが、怪しい素振《そぶ》りはどこにも見られなかった。

川尻に次いで、笠原が詰めている元越後国高田・榊原家の明屋敷を訪ね、番所に戻ると、児玉と牧田が硬い表情で柘植を待っていた。組頭の詰所にふたりを伴った。

「何か分かったか」

「それが、皆目《かいもく》……」児玉が脂《あぶら》の浮いた顔を横に振った。

「お訊きしてもよろしいでしょうか」牧田が言った。

「構《かま》わぬ」

「小頭は内密の御用に携わっていたと聞き及んでおります。よろしければ、その内密の御用とは何か、お教え願えませんか。ひょっとして、その一件で何か起きたのやもしれませぬ」

「うむ……」

柘植は児玉と牧田の顔を見詰めた。児玉佑之助。融通《ゆうずう》が利《き》かない面はあったが、裏表のない実直《じっちょく》さを絵に描いたようだった父親同様、陰日向《かげひなた》なく務めてくれている。牧田元太郎。根っから賑《にぎ》やかなことの好きな騒々《そうぞう》しいところのある男だったが、性根は据《す》わっていた。このふたりなら、間違いないだろう。

実は、と《山城屋》のことを話し出そうとしたその時、柘植は番所内に何者かの気配を感じ、黙った。殆《ほとん》どの者が外出《そとで》をしているはずだった。居残っている者は限られていた。廊下を伝《つた》って組頭の詰所に来る時に、三つの部屋を見たが、誰もいなかった。にも拘わらず、何か気配のようなものがあった。

「まだ」と柘植はふたりに言った。「桜井が帰って来ぬと決まった訳ではない。済まぬが、もう一度探してみてくれ」

「いつになりましたら、お話しいただけましょうか」

「今夜になっても桜井の姿が見えぬようなら、その時に話そう。それまで、明屋敷を回ってみてくれ。どこかで、不測のことが起こったのやもしれぬ」

「承知いたしました。今夜の夜九ツ（午前零時）まで探してみましょう」

「番所に留《とど》まる旨《むね》、御支配《ごしはい》に願いを出しておく。今夜はここに泊まる、と組屋敷に伝えておくがよいぞ」

御支配とは、明屋敷番伊賀者を支配する御留守居役《おるすいやく》のことである。

ふたりが去るのに合わせて、何者かが潜んでいるような気配も消えた。

柘植は、立ち上がり、廊下に出ると、番所内をゆっくりと歩いた。

賄《まかな》い所の方から、水音が聞こえて来た。昼餉《ひるげ》に近い刻限になっていることを、柘植はすっかり忘れていた。


昼九ツ（正午）少し前。

黒鍬者《くろくわもの》・故押切玄七郎《おしきりげんしちろう》の娘、蕗《ふき》は針《はり》を持つ手を止め、庭の藤棚《ふじだな》に目を遣った。

薄紫の小さな花をたわわに付けた藤の房《ふさ》が、棚一杯に下がっている。

「毎年のことですが、きれいですね」奥様も、手を休め、藤棚を見た。

ひとり八重《やえ》だけが、運針の曲がりを気にしている。

「八重様」蕗が目で、藤棚を指した。

ようやく八重が針を動かすのを止め、顔を上げた。真上からの日差しを浴びた藤棚が、淡い影を落としている。

八重は暫く藤棚を見詰めていたが、やがて目を伏せると、小さく溜息《ためいき》を吐いた。

「どうしました？」奥様が、お尋ねになった。

「はい……」八重は、口籠《くちご》もっている。

「言わずにお腹《なか》の中に溜《た》めておくのは、よくないことですよ」

「何かあったのですか」蕗が訊いた。

「そうではなくて」八重が、僅《わず》かに膝《ひざ》を横にずらしながら小声で言った。「決まって、ほっとしたのですが、でも、これでいいのかと……」

八重は、町奉行に出していた縁組の願い出が昨年の暮れに受理され、婚家から身柄《みがら》の引取届も出されたので、たとえ成婚の式を挙げなくとも、既に妻として扱われる身になっていた。式を挙げると費《つい》えが掛かるので、式を挙げずに婚家に入ることが多かったが、年齢や双方の事情などで、婚家に入るのが一年、二年先になるのもざらだった。

八重は両家の申し合わせで、一年後、十七歳になったら嫁《とつ》ぐという約束になっていた。その間、引き続き年番方《ねんばんかた》与力の島村恭介の屋敷でみっちりと花嫁修業をさせようというのが、八重の両親の考えであった。

「今更、何を言っても、どうしようもないのですが……」八重が、作ったような笑みを見せた。

「よいのですよ。誰でも、嫁入りする前には、そうなるものなのですよ」

「そうなのですか」

「これで嫁ぐ日が近付くと、そのようなことを考えている間もなくなり、気付いた時には、新しい暮らしに追われているものです。私が、そうでした」

「奥様が？」八重と蕗が声を重ねた。

「私が旦那様のお顔を見たのは、婚礼の時でした」

「それまで、一度も？」蕗が尋ねた。

「そういうものでしたからね。初めて見た時の旦那様の、それは凛々《りり》しいお姿を今でもはっきり覚えています」

「まあ」奥様のお惚気《のろけ》を聞いてしまった、と蕗と八重は、思わず微笑《ほほえ》んだ。

「本気にしているのですか。冗談《てんごう》ですよ。鬼瓦《おにがわら》がくしゃみをしたような、あの旦那様ですよ。凛々しい、とはなかなか申し上げにくいでしょう」奥様は大仰《おおぎょう》に目を回して見せた。

「嫁いで来た時は、ともかく驚いてばかりでしたよ。配下の同心の方々の中には、町人言葉を使う、少しく荒くれのような方もおいでで。私の実家は例繰方与《れいくりかた》力でしたから、鬼ケ島に嫁いだのか、と思ったものでしたよ」

「周一郎《しゅういちろう》様のお父様のこと、ですわよね」八重が笑いを堪《こら》えながら言った。

「鷲津の父は、優しい方でございます」

「奥様、蕗様が周一郎様のお父様を父と仰《おっ》しゃいましたよ」

「まあ、嫌な八重様」蕗は頰を赤く染め、八重を打つ真似《まね》をした。

「鷲津様は、まだましですよ。昔は、もっと凄《すご》いのがうじゃうじゃいたものです」

「うじゃうじゃ、でございますか」蕗が訊いた。

「捕物《とりもの》でお忙しいせいか、夏場というのにお風呂《ふろ》に何日も入っていない方などがいらっしゃいましてね、まあ、そのにおいのすごいこと。犬が倒れ、猫が腰を抜かしたという話もあった程でしたよ」

　八重と蕗が手を握り合い、笑いさざめいた。

　奥様も口許《くちもと》に手を当てた。奥様の笑い声に重なって、昼九ツの鐘が鳴った。

「おやおや、もう昼餉《おひる》の刻限ではないですか。先に台所に行ってますからね。ここを片付けて、直ぐ来るのですよ」

　奥様はゆっくり立ち上がると廊下に出、そこで足を止められた。

「藤の香りが、ここまで」

ゆるやかな風に乗って、香りが漂って来ているのだ。

「はい」と答えて、八重と菘も匂《にお》いをかいだ。濃い藤の香りが、辺りに立ち込めていた。

「父が」と八重が、袷《あわせ》の着物を畳みながら言った。「周一郎様のことを大層褒《ほ》めておりましたよ」

八重の父・橋本矢八郎《はしもとやはちろう》は、北町奉行所の牢屋見廻《ろうや》り同心をしていた。囚獄《しゅうごく》・石出帯刀《いしでたてわき》配下の牢屋同心を監督するのが御役目である。

周一郎は見習になった頃、配されていた牢屋見廻り与力に気に入られ、同心へ伝言をしに行く役目を言い付けられていたことがあった。その伝えに行く相手が、八重の父であった。

「簡《かん》にして潔《けつ》、無駄なことは言わぬ。しかし、何事にも興味を抱き、物怖《ものお》じせず尋ねて来る。あれは、よいぞ、と申しておりました」

「頑張っておられるのですね」

「そのようですね。嬉《うれ》しいですか」

「はい」

「まあ、ぬけぬけと」

ふたりでころころと笑っていると、奥様が廊下の奥からお呼びになった。

「何をしているのです？　片付いたら、早く来て下さい」

「はい」

ふたりは、手早く裁縫道具やくけ台を隅に寄せ、台所へ向かった。

台所からはご飯の炊《た》けるよいにおいがした。台所仕事を任されている初《はつ》の炊くご飯は、火加減と水加減、それに米を水に浸《つ》けておく塩梅《あんばい》が絶妙なのか、ふんわり、しっとりしていて、とても美味《おい》しい。

それがためなのか、島村家では、朝昼夕と一日に三度ご飯を炊いた。こんな贅沢《ぜいたく》は、町奉行所の中でも与力の家でなければ、とても望めないだろう。鷲津の家でも朝に一日分炊いてしまうことが多かったし、押切の家では毎日炊くことさえ出来なかった。炊いても、雑穀の混ざったご飯で、それを数日に分け、湯を掛けて食べていた。

蕗は、今の己はとんでもない夢のような境遇にあるのだと思い、時折《ときおり》立ち尽くしてしまうことがある。

「到来物《とうらいもの》があったでしょ」奥様に言われ、蕗は我に返ったが、何を言われたか分からず、ぼんやりしていた。

「どうしました？　お重ですよ」

「はい」八重が、棚の二段目に収めてあった重箱を取り出した。

重箱には黒い漆の地に金泥《きんでい》で亀《かめ》が描かれており、隅に《よ志《し》だ》の文字があった。もうひとつ鶴《つる》の模様の重箱もあったが、昨夜の夕餉《ゆうげ》に供されてしまっていた。

《よ志だ》は小舟町《こぶなちょう》の料理茶屋で、重箱は、昨日の午後に訪ねて来た客の土産《みやげ》であった。

客の中には、料理茶屋や仕出し屋に作らせた料理を重箱に詰めて持って来る者がいた。足の早そうなものはその日のうちに食べてしまうが、日保《ひも》ちのしそうなものは翌日に回した。

蓋《ふた》を取った。

味付けに工夫を凝《こ》らした、手の込んだ品々が、行儀よく並んでいた。団子になっているのは、小禽《しょうきん》の甘煮《うまに》だった。骨と腸《はらわた》を取り除《のぞ》いた鶉《うずら》を包丁で叩き、潰《つぶ》した肉を球状にして甘辛く煮、鍋《なべ》を下ろす寸前に葛《くず》を絡めたものだ。

今が旬の筍《たけのこ》もあった。切り分け天麩羅《てんぷら》にした筍に、刻《きざ》み葱《ねぎ》と味噌《みそ》をすり混ぜたものを和《あ》えた品で、臭和《くさあえ》と呼ばれるものである。

「食べてしまいましょう」奥様が仰《おっ》しゃった。

「旦那様には？」

「頂き物がいつまでも残っているよりは、皆で美味しく頂いたと言った方が喜ばれるのですよ」

「では」と八重が、菜箸《さいばし》を手に取り、皿に移し始めた。「このお品は、食べるのはよいですけれど、作るのは面倒ですね」

溶き玉子を薄く焼き、白身魚のすり身を塗って鳴門《なると》に巻き、出汁《だし》で煮た巻玉子だった。切り分けた口が白と黄色で、目にも鮮やかだった。

「御新造になられる御方の言葉とも思えませんね」

「あら、左様でございますか」

「お口ばかり動いてますよ」奥様が、汁の味加減を見、初にとてもいい味だと告げている。

蕗は食器戸棚の戸を開け、それぞれの膳《ぜん》に飯茶碗《めしぢゃわん》と汁椀《しるわん》と箸を置き、ご飯と汁を盛り付けた。

八重も、皿の盛り付けを終えた。初や庭仕事をしている中間らの分も取り分けたので、ひとりの分は僅かだったが、それでも十分豪華な昼餉となった。

「さっ、運びましょう」

奥様が膳を持って先頭に立たれ、八重と蕗が続いた。

廊下を歩む三人の影が、障子をよぎった。

座敷に着いた。膳を下ろし、庭に向かって三人並んで座った。

「藤の花も、総菜《おかず》ですからね」

奥様が仰しゃった。藤棚に光が射《さ》し、蜜《みつ》を求める蜂《はち》の羽が光った。

「こんな気持ちのいい日に、悪いことをしようとするひとがいるなど、信じられませんね」

八重が言った。

「皆がそうなら、旦那様たちの御役目も、もっともっと楽になるのですけれど」

奥様がお応えになられた。

三

同日。夕七ツ（午後四時）。

鷲津軍兵衛は、鮫ケ橋の溝川に浮いていた仏の似絵を懐《ふところ》に、奉行所の大門を潜《くぐ》った。中間の春助が軽く足を引き摺《ず》っている。鮫ケ橋の岡場所《おかばしょ》を虱潰《しらみつぶ》しに歩き回っていた時に、滑《すべ》って転んだのだ。

途中から帰るように言ったのだが、中間としての意地があるのだろう、弱音ひとつ吐かず遂《つい》に終日勤め上げてしまった。六十を超えた身にしては、大した頑張りだと言わざるを得ない。

「では、あっしらは、ここで」

大門を通るのを遠慮して、右の潜り戸から入った小網町の千吉らは大門裏の控所へと折れ、春助は中間の長屋のある奥へと戻って行った。

玄関に入ると、当番方《とうばんかた》の同心が、島村様がお待ちでございます、と軍兵衛に告げた。

芝口西側町の自身番の一件は、鮫ケ橋界隈《かいわい》を調べている間に耳にしていた。あれか。軍兵衛は、廊下を急いだ。

年番方与力の詰所には、島村恭介の他に小宮山仙十郎と隠密廻《おんみつまわ》りの武智要三郎《たけちようざぶろう》がいた。

武智は町人髷に結い、着流しの遊冶郎《ゆうやろう》を思わせる姿だった。

武智と仙十郎。妙な取り合わせだった。

「お呼びだそうで？」取り敢《あ》えず軍兵衛は探りを入れた。

「何を呑気《のんき》なことを言うておる。お六が上がったそうではないか」

「御用ってのは、こっちのことですか」思わず軍兵衛が訊いた。

「他に、何かあるのか」

「自身番に詰めていた者が殺されたと聞きましたが」

「あれは、加曾利が調べている」

「では、私の方に何か」

「大凡《おおよそ》のことは、仙十郎に聞いた。以降、何か分かったか」

鮫ケ橋の岡場所を調べたことを話した。仏らしいのを見掛けた者はいなかった。

「怪しい者がいたそうではないか」

「どうして、それを」

軍兵衛らが検屍をしている間、妙な浪人風体の者が凝《じ》っと見ていた。

「後を尾けさせたのですが、突然掻き消すようにいなくなっちまったそうです。申し訳ございません」

「その一部始終《しじゅう》を見ていた者がいる」島村が言った。「武智だ」

「遠くからだがな」武智が、腕を組み、含み笑いを浮かべた。

「話してくれ」

「塀に手を掛け、跳ねるようにして上がり、そこから屋根へ飛び移った。瞬《また》く間もない程、素早くな」武智が片方の腕を、すっと振り上げた。「あれは、忍びの心得のある者だろうな」

「忍び？　今時……」

軍兵衛は溝川に浮いた仏を思い出した。あの鍛え方は尋常のものではなかった。

「いてもおかしくはあるまい。我らの周りにも御広敷《おひろしき》伊賀者など、伊賀の名を名乗る者どもがいるではないか」武智が応えた。

「あれは名ばかりだ。跳ぶどころか、駆けることもままならねえよ」

「そのような者だけだと、どうして言える？」

「何だと？」

「決めて掛かると、しくじるぞ」

「いつからそんなでかい口を叩くようになった？」

「文句があるのか」武智が、冷ややかに軍兵衛を見詰め返した。

「軍兵衛、控えよ。今、武智は御奉行のご命令で、ある調べごとをいたしておる。その調べの途次、あそこを通り掛かったに過ぎぬ」多忙な身なのだ、と島村は言って、畳を指で突いた。「にも拘わらず、わざわざ見たことを教えに来てくれたのに、その態度は何だ」

ありがとよ。軍兵衛は吐き捨てるように言った。

島村は、小さく舌打ちすると、茶を含み、咽喉《のど》を湿らせてから再び口を開いた。

「明朝、臨時廻りを集め、伝えるつもりだが、其《そ》の方に申しておく。噂話で聞いたこともあったであろうが、二月に入ってから立て続けに大名家に盗賊が忍び込んでいるらしい。いや、それ以前にも被害はあったのかもしれぬのだが、何も言い出さぬ御家中ばかりなので、奉行所としては動けずにおった」

「泣きを入れた家中でもあったのですか」

「黙って聞け」島村が言った。「どこの御家中が難儀し、盗まれた金子が如何程《いかほど》になるのかは分からぬ。だが、ある御家中から御奉行に家紋入りの品を見付けてくれるよう、内々に求めがあった」

「それは、どちらの？」

「加賀の前田家だ」

「ほう。よく、打ち明けましたな」軍兵衛は、叱《しか》られたことなど無視して口を挟んだ。

「家紋入りの品が盗まれておるからだ」島村も叱ったことなど忘れて応えた。

「その品がとんでもないところから出て来た後では言い訳に窮《きゅう》する。先手を打っただけだろう」

「前田家が名乗り出たことで、安心して申し出て来る家中もあるでしょうな」

「そうなると、大事《おおごと》になる。奉行所の威信《いしん》にも関わる。つまりは、速《すみ》やかに捕縛《ほばく》し、家紋入りの品を見付け出せ、ということだ」分かったな、と言って島村が軍兵衛を見た。

「しかし」軍兵衛は、天井を仰《あお》いだ。「雲を掴《つか》むような話ですな。賊《ぞく》がどんな奴か、見た者でもいるのですか」

「そこで、仙十郎の出番だ。何と、旗本屋敷から盗みを終えて逃げて行く連中を見掛けた者がおったのだ」

「実《まこと》か」

「八幡町は《権兵衛店》の安吉と申す者が、見ております。黒装束で刀を差していたそうです。その逃げ足の速さは尋常のものではなく、黒い犬のようであったと」

その屋敷は、前《さき》の勘定《かんじょう》奉行の塩谷家のものであり、深山という用人《ようにん》に尋ねもしたが、賊の侵入などはなかった、とにべもなかった、と仙十郎はことの顚末《てんまつ》を語った。

「それでは、訊きに行っても無駄か」

「出向かんでよい。窩主買《けいずかい》を調べるなりして、盗んだ品を追えばよいであろう」

「分かりました」

島村が軍兵衛の胸の内を素早く読んだ。

「まさか、また蛇骨《じゃこつ》の清右衛門《せいえもん》に探させるつもりではあるまいな？」

「まさか」

前田家の家紋入りの品を探すのだ。蛇骨に行くしかねえ。腹は決まっていた。

「ならばよい。彼奴《きゃっ》に頼むと、見返りが……」と言って島村は、武智と仙十郎がいることに気付き、口を濁《にご》した。「何でもない」

軍兵衛は皮肉めいた冷笑を浮かべている武智に、どうしてあそこにいたのか、訊いた。

「隠密廻りの仕事を軽々《けいけい》に言えるか」

浪人が曲がった杉屋横町の門口には、回船問屋の《長崎屋《ながさきや》》があった。《長崎屋》は御禁制《ごきんせい》の品を扱っており、金蔵《かねぐら》には黄金が山積みされているという風評があった。あれか。

品物は、顧客《こきやく》である大名家や旗本家の奥向きに消え、市中には出回らない。それがために、悪事は噂だけで、露見《ろけん》していなかった。

その《長崎屋》の家作《かさく》が、杉屋横町に面した路地にあった。大家・吉兵衛《きちべえ》が差配《はい》する《むくげ長屋》だ。《むくげ長屋》の住人は、《長崎屋》の通いの手代と船荷を扱う男衆だけで、木戸門に見張りを立て、棒手振《ぼてふり》など入れないようにしていた。

「何かおかしかねえか」

「確かにおかしいな」武智の声には、小馬鹿《こばか》にするような響きがあった。

「そうした長屋が、もう一軒ある」軍兵衛が言った。

武智が、眉《まゆ》を上げた。

こいつ、知らねえな。こちとら、毎日汗だくになって歩き回っているんだ。隠密廻りなんぞより、町のことは詳しいのよ。軍兵衛は勝ち誇って、市ケ谷田町二丁目の飛び地だ、と言った。

「洞雲寺《とううんじ》の直ぐ側《そば》にある。そこに《長崎屋》が長屋を持っている。名は忘れた」

もうひとつ、と言って軍兵衛が指を一本立てた。

「…………」

「その《長崎屋》を狙《ねら》っている者がいる。志太の玉造、加曾利が追い掛けている盗賊だ。ご存じのように、加曾利は俺より性格《たち》がいい。《長崎屋》について、何か他にも知っていることがあるかもしれねえから、訊いてみな」

「参考になった」

武智が僅かに頭を下げた。そう出るのかよ。軍兵衛も仕方なく、俺もだ、と応えた。

「礼に教えてやろう。浪人がどこに行ったか」

「尾《お》け果《お》せたのか」

「俺を誰だと思っている。そこらの御用聞きと一緒にするな」

浪人に撒《ま》かれたのは、手先に使っている小網町の千吉だ。千吉のためにも聞き捨てならない。

食って掛かろうとした軍兵衛に、西念寺だ、と武智が言った。

「それを言いたくて、ここにいたのだ」

「俺が教えなかったら、言わねえつもりだったのか」

「それ程料簡《りようけん》は狭くない」

「どうだか。なあ、仙十郎」

仙十郎が困って、島村に救いを求めた。

「西念寺には行くな」と島村が言った。「あそこは寺社奉行の支配だ」

「心得ております。あの柘植石刀にも釘を刺されておりますし」

この一月の末に、浪人・杉山小一郎《すぎやまこいちろう》が松下町《まつしたちよう》一丁目代地の明屋敷で斬殺《ざんさつ》された。それだけならば、町方は支配違いで手出し出来なかったのだが、亡骸の頭が崩れた土塀の外にあったことから、町方のものだと軍兵衛が調べを始めた。それを、亡骸を動かしたのではないか、と詰問《きつもん》しに来たのが柘植石刀であった。その時の、柘植の頑《かたく》なな態度を島村も思い出した。

「柘植石刀か」と島村が、額に皺《しわ》を寄せながら言った。「あの者とは……、誰かの言い草ではないが、顔を合わせたくはないの」

仙十郎が、驚いて島村を見た。

第四章　組頭《くみがしら》・柘植石刀《つげいわと》

一

四月一日。夜九ツ（午前零時）。

明屋敷番伊賀者《あけやしきばん》の組頭・柘植石刀は、ひとり番所に残り、児玉佑之助と牧田元太郎を待っていた。

小頭の桜井頼母が戻って来る気配はない。

玄関の辺《あた》りで人声がした。泊まり番の者に応《こた》えているのは牧田であった。牧田の名を呼んだ者がいた。児玉だった。

ふたりは、押し黙ったまま廊下を歩いて来た。組頭の詰所《つめしょ》の前で膝《ひざ》を突き、柘植の前に並んで座った。

「心当たりはすべて探したのですが、明屋敷にはおられませんでした」ふたりの言葉は同じだった。

「市中で何か耳にしなかったか」

「芝口西側町の自身番《じしんばん》の者が殺されたとかで、その話で持ち切りでした」児玉が答えた。

「そうか」

「組頭」と牧田が、辺りを気にするような素振《そぶ》りを見せながら、小声で言った。

「何だ？」

「これは、確かな証《あかし》あってのことではないのですが、誰かに尾《つ》けられているような気がいたしました」

「いつだ？」

「今日一日、ずっとです」

「其《そ》の方は？」児玉に訊《き》いた。

「実を申しますと、私もでございます」

「やはり、そうか」

「ということは、組頭も？」牧田が身を乗り出した。

「今日の昼、ふたりに桜井を探すよう言っていた時だ。何やら妙な気配があった」

「あの時に……」

ふたりが、背後と天井に目を遣《や》った。

栢植が、出よう、と言った。

「どこぞ、見通しの利《き》くところに参る」

詰所を出、玄関に向かった。

真夜中である。泊まり番が、驚いて尋《たず》ねた。

「今頃、どちらへ？」

「弛《たる》んでいるから活《かつ》を入れるのだ」栢植が、詰まらなそうに言った。

「……」泊まり番が、児玉と牧田を気の毒そうに見送った。

番所を出た。

新月の闇《やみ》が空を覆《おお》っている。

人気《ひとけ》のない道を横切り、麴町五丁目と六丁目の間の道を北へ向かった。空地と御用地が続き、その先の西方には善国寺《ぜんこくじ》の木立と藪《やぶ》が広がっていた。

「ここらでよかろう」

柘植は空地に踏み込んだところで足を止めると、振り向き、ふたりと向かい合った。

この立ち位置ならば、濃い闇で夜目《よめ》は利かなくとも、近付く者の気配を容易《ようい》に察知出来る。

「答えよ」

「其の方ら、《山城屋》で金子《きんす》を借りているか」

「いかがなされたのです。突然に」児玉が言った。

「借りたいとは思うておりますが、まだ」と牧田が答えた。

「私もでございます」

「話が上手《うま》過ぎると思うたのか」

「そこなのでございます。あれでは《山城屋》には何の利もありません。商人《あきんど》が、そのような商いをいたしますでしょうか」牧田が児玉に同意を求めている。

「それを、桜井に調べさせていたのだ。《山城屋》が前《さき》の組頭・渡瀬殿の新造《しんぞう》の実家《さと》であろうと、万が一にも間違いがあってはならぬからな」

「何か分かったのですか」児玉が訊いた。

「はっきり何かを摑《つか》んではおらなんだらしい。火事騒ぎで中断していたこともあったしな。また《山城屋》の見張りを始めると言うておったのを最後に、消息が途絶《とだ》えたのだ」

「では、《山城屋》が小頭を、どこぞに？」児玉が言った。

「分からぬ」

「小頭のことです。何か摑んだのではないでしょうか。それに気付いた《山城屋》が……」

牧田が拳《こぶし》を握り締めた。

「先走りするでない」

「何としても、小頭を探しましょう」児玉が言った。

「私たちに引き続き探索をお命じ下さい」牧田が続いた。

「よう言うた。頼もしいぞ」


同日。八ツ半（午前三時）。

三つの影が、《山城屋》を見詰めていた。揚げ戸を下ろした《山城屋》は、地に伏した黒く大きな生き物のようだった。

四囲《しい》の気配を探り終えた柘植と牧田が、児玉に頷《うなず》いて見せた。

児玉がするすると通りを横切り、《山城屋》脇の路地に入った。牧田も続いた。牧田は児玉が中に忍び込むまで見張りを務める役どころだった。

間もなくして牧田が戻って来た。

無事忍び込んだ、と牧田の目が語っていた。

よし。

柘植と牧田は《山城屋》を後にした。

――もし、誰ぞに見られているような気配を感じたなら、無理をしてはならぬ。其の方はひとりなのだからな。ためらわずに《山城屋》から引き上げるのだぞ。

――心得ております。

児玉は、少なくとも三日の間は床下に留《とど》まり、桜井の痕跡《こんせき》を調べ、主《あるじ》の三右衛門に張り付いてその言動を探ることになっている。そのために、組屋敷に戻らなくても済むように、番所に泊まる願いを出していた。

柘植と牧田は、児玉が忍んでいる間に桜井の組屋敷を調べることを手始めに、別途探索を進めることにした。

六ツ半（午前七時）。

柘植は牧田を伴《ともな》い、桜井の組屋敷を訪ねた。新造は挨拶《あいさつ》をするのももどかしげに、青ざめた顔で問い掛けて来た。

「桜井は無事なのでございましょうか」

寝ていないのだろう。新造はひどく窶《やつ》れていた。新造に並んで、桜井の嫡男《ちやくなん》が、幼いながらも異変を感じ取っているのか、不安げな表情を浮かべている。

「手掛かりがなく、困り果てている。済まぬが、もう一度、手文庫などを見せていただきたい」

しかし、やはり何も見出《みいだ》すことは出来なかった。

桜井が日々付けていた覚書《おぼえがき》を借り受け、番所に出仕《しゆつし》した。

泊まり番の者に代わって、玄関に村岡酉助と小頭の望月十郎太がいた。

「望月、何をいたしておる？」

玄関番は小頭の役目ではない。

「村岡が当番なので、少し話をしておりました」

「そうか」

「組頭」望月が、泊まり番の日録《にちろく》を見ながら言った。「昨夜は、こちらに泊まられたようですが」

「そうだが」

「頼母の件のお調べのゆえでしたら、私にも是非《ぜひ》お声を掛けて下さい。御役に立ちとうございます」

「承知した」

柘植は言い置くと、番所奥にある組頭の詰所に向かった。

望月は、小頭の詰所に顔を出してから、見回りのため他出《たしゅつ》する旨《むね》を玄関番に伝え、詰所を出た。


《山城屋》に潜んだ児玉は、既に床下を隈無《くまな》く調べ終えていた。床下には桜井が付けたと思われる足跡が残されてはいたが、争った跡などはどこにもなかった。

見張りは滞《とどこお》りなく遂行《すいこう》されていたものと思われた。

児玉は、見世の床下に布を敷き、その上で腹這《はらば》いになり、格子《こうし》の隙間《すきま》から帳場にいる三右衛門の動きを見張った。

なかなか客は来ない。三右衛門は誰と話すでもなく、台帳を付けている。いたずらに時が過ぎて行く。

まだ初日だ。児玉は苛立《いらだ》とうとする己を叱《しか》った。

じっくり構えるのだ。必ず、小頭に繋《つな》がるものがあるはずだ。そう信じるのだ。

暖簾《のれん》を掻《か》き分けるひとの姿が見えた。女だった。

「おいでなさいませ」

手代が応対している。女は気後れしているのか、店の入り口近くで立ち止まったまま動かない。

「蠟燭《ろうそく》を、お求めですか、それとも……」三右衛門が見世を横切り、土間の手前で腰を下ろした。

「……あの」女の声は細く、低い。

聞き耳を立てようと、身体《からだ》を起こし掛け、児玉は背後に微《かす》かな気配を感じた。

何だ……。ひと、か……？　誰かいるのか。

児玉は、起こし掛けた身体を両の腕で支えたまま、背後の気配を探った。ひとの気配であるとは断じられなかったが、身動きが出来なくなってしまった。汗が額《ひたい》を伝った。

今、攻められたら……。ふいに、恐怖が湧《わ》き上がった。

一瞬、死が心をよぎった。

その時だった。突然、気配が霧消《むしょう》した。

………。

児玉は髪の毛一筋程の僅《わず》かな動きを重ねて、背後の闇を見た。どこにも、誰もいなかった。

間違い、だったのか。それとも……。

児玉は噴《ふ》き出した汗を拭《ぬぐ》いもせずに、闇を見詰め続けた。

二

同一日。

この日から北町奉行所は非番の月に入ったが、新たな訴訟を受け付けないだけで、市中見回りの役目に休みはなかった。

昼四ツ（午前十時）。

鷲津軍兵衛は、市ケ谷八幡町の《権兵衛店》に住む大工の安吉を訪ねていた。

安吉は、朝一番から道具箱を担《かつ》いで普請場《ふしんば》に出掛けており、長屋はもぬけの殻《から》だった。供をして来た小網町の千吉が、大家から棟梁《とうりよう》の名と住まいを訊き出した。

神楽坂《かぐらざか》を上った肴町《さかなまち》に住む尚五郎《なおごろう》という棟梁だった。尚五郎の家に行き、上《かみ》さんから教えてもらった同じ町内の普請場に出向くと、安吉は屋根の上にいた。

「安《やす》」尚五郎の一声で、安吉が梯子《はしご》を伝《つた》って下りて来た。

「八丁堀の旦那《だんな》が御用だと仰《おっ》しゃってる。てめえ、何をやらかした？」

「やっちゃいねえっすよ」安吉の唇《くちびる》が尖《とが》った。

「棟梁、安心してくれ。何もしちゃいねえよ」軍兵衛が言った。

「盗《ぬす》っ人《と》を見たって言ったじゃねえっすか。ちいっと時が経《た》つと忘れちまうからな、頭《かしら》は」安吉が尚五郎に言ってから、訊いた。「あれのことで？」

無理もない。安吉が盗賊を見てから丸々一月《ひとつき》になる上に、軍兵衛とは初対面だ。確かめたくなるのも道理だろう。

「手を止めさせて済まねえが、あの夜、見たことを話しちゃくれねえか」

「よござんすとも」

安吉が尚五郎を見た。尚五郎は、材木置き場の脇に置いてある腰掛けを指《さ》した。

「悪いな。手間は取らせねえ」千吉が尚五郎に言った。

軍兵衛と千吉が座り、新六と佐平が片膝《かたひざ》を突いた。

安吉は真顔になって、あれは、と話し始めた。

「三月《やよい》一日の夜八ツ（午前二時）を回った頃でございやした……」

土塀の上にむくっ、と現われやがったと思ったら、あっち見て、こっち向いて、あっしが平べったくなっているのに気付かず飛び降りると、左内坂の方へすーっ、と行きやがって。こりゃ、大した奴らじゃねえな、とか思ったんでやすがね。後がすごかった。

「その逃げ足の速いこと。ぴゅーっ、と行っちまいやがった。あれは犬でございやすよ、犬」

安吉は、己の言葉に、うんうんと相槌《あいづち》を打っている。

「顔は？」

「見ちゃいねえんでございやす」

軍兵衛は懐《ふところ》から似絵《にせえ》を取り出して、安吉に見せた。こいつに心当たりは？

「ございやせん」

「どこかで見掛けたとかも、ねえかい？」

「あっしは物覚えがいい方なんでやすが。まったく」

これ以上訊いても得るものはなさそうだった。

ありがとよ、手間取らせちまったな。引き上げようとした軍兵衛らに、お連れいたしやしょうか、と安吉が声を掛けた。

「奴らがぴゅーっ、と逃げ出したところへ」

「いいのか」答えて軍兵衛は棟梁の尚五郎を見た。尚五郎は、聞こえない振りをしている。

「場所の見当《けんとう》は付く。無理するな」

「何を仰しゃるんで。八丁堀の旦那の御役に立てるなんてえことは、滅多《めった》にございやせん。やらしておくんなさいやし」

「旦那、折角《せっかく》ああ言ってくれてるんですから、ここは」千吉が間に入った。

肴町の普請場から旗本塩谷家の土塀までは十三町（約一千四百メートル）足らず。往復しても、大したことではない。

「それでは、頼むか」

「任せておくんなさい」

安吉は尚五郎の傍《かたわ》らに行き、是非にと頼まれちまって、と大声で話している。

千吉が新六と佐平を見て、思わず歯を覗《のぞ》かせた。

「あいつを見ていると」と軍兵衛が千吉に小声で言った。「どこまで話が本当か、疑っちまうな」

「野郎、今度調子のいいことを吐《ぬ》かしやがったら、一発灸《きゆう》を据《す》えやしょうか」

「まあいい。近間《ちかま》だ。気分よく案内してもらおうじゃねえか」

「へい」千吉は新六を手招きし、安吉と一緒に前に立つように言った。

安吉は、すこぶる付きの話し上戸《じようご》だった。塩谷家に着くまで、どうでもいいようなことをひっきりなしにしゃべり続けた。

困り果てた新六が千吉を振り返った時、安藤坂の頂《いただき》が軍兵衛の目に入った。

塩谷家に着いたのだ。

「旦那、ここでございやす」

賊が塀を越えた土塀の場所と安吉が潜んでいたところを訊くと、安吉に尋ねることは無くなった。

「ご苦労だったな」

まだ話し足りないのか、口をもぐもぐと動かしている安吉を普請場に帰した。

「賊ですが」と千吉が、土塀と安藤坂を眺《なが》め回しながら言った。「闇の中でしたら、安吉が言ったように黒い犬のように見えたかもしれやせんね」

「黒い、犬か……」

このところ、と軍兵衛が、千吉に言った。妙なのが、多いな。

溝川《どぶがわ》に浮いた男の検屍《けんし》を見ていた浪人が、千吉と新六の尾行に気付き、突然消えた。新六が、物の怪《もののけ》じゃねえかと呟《つぶや》いた、と千吉から聞いている。

それを見ていた武智要三郎は、忍びだ、と言った。

黒い犬に、物の怪に、忍び、か……。何か得体《えたい》の知れないものが御府内《ごふない》をうごめき回ってるってことか。

「どういたしやしょう？」千吉が訊いた。新六と佐平が、軍兵衛の返事を待っている。

「ちいと思い付いた。行こうか」

「どちらへ」

「尾張様の向こう側だ」

「向こう側に、何か」

「伊賀者の組屋敷があっただろう」

「伊賀者って……。ですが、今時《いまどき》の伊賀者は……」

「ただの御家人《ごけにん》だって言いたいんだろ」

「へい」千吉が、申し訳なさそうに小首を突き出した。軍兵衛も、ただの御家人のひとりである。

「俺もそう思うんだが、決めて掛かるとしくじるって吐《ぬ》かした奴がいる」

「どなたで？」

「気に入らねえ奴だ」

「へ……」

「こうしていても、仕様がねえ。組屋敷近くの表店《おもてだな》を回ってみようぜ」

「表店で、ございやすか」

「俺の勘《かん》よ」軍兵衛は左内坂を下りながら、序《つい》でだ、と千吉に言った。「例の浪人が消えたところを教えてくれ」


同一日。夜四ツ（午後十時）。

お店《たな》の者が寝静まるのを待って、児玉が《山城屋》を抜け出した。機会を摑《つか》めずに、この刻限まで床下に居残っていたのだ。行く先は明屋敷番伊賀者の番所である。柘植に、朝方に感じ取った気配のことを知らせなければならない。

常夜灯の仄明《ほのあ》かりが、揺れて流れた。夜の道を、気配を探りながら走った。

今夜も柘植は、牧田とともに番所に居残っていた。

か。

児玉を見て、牧田が驚きの声を上げた。三日の間は床下にいるのではないの
「どうした？」

児玉は朝の一件と、《山城屋》に現われた女のことを話した。

女は、背後の気配に気を取られている間に、三右衛門が奥に誘《いざな》ったものか、気付いた時には店先にはいなかった。半刻《はんとき》（一時間）後に、店奥から主とともに現われ、そそくさと帰って行ってしまったので、殆《ほと》ど声も聞き取れなかった。

「折角待ち構えていたのに、残念です」

「それは、止《や》むを得まい。問題は気配だ。ひとが潜んでいるようであったか」

「それが、確《しか》とは申し上げられないのですが、誰かがいたような気がしてならないのでございます。小頭は、そのようなことは？」

「何も言うてはおらなんだ。しかし、その気配は気になるな。我ら三人ともに、前に感じたことがあるしな」柘植は暫《しばら》く考えていたが、よし、と言って膝を叩《たた》いた。「《山城屋》を調べに行こう」

「これから、でございますか」児玉と牧田が、顔を見合わせた。

「桜井の行方《ゆくえ》が分からぬのだ。徒《いたずら》に時を過ごすことは出来ぬ」

「そうでした。申し訳ございません」児玉が言った。

「《山城屋》の内証《ないしょう》がどれ程豊かなのか、また桜井が行方知れずになったこととやはり関《かか》わりがあるのか、帳場と蔵を調べてくれよう。気配の主がいるなら、現われるかもしれぬしな」

泊まり番に、特別の見回りだと告げて、三人は不忍池へ向かった。

茅町二丁目に着いたのは、九ツ半（午前一時）を回った頃合だった。

店の者は疾《と》うに寝静まっている刻限である。

三人は、忍び装束《しょうぞく》に着替えると、脱いだ羽織《はおり》と袴《はかま》を畳んで風呂敷《ふろしき》に包み、背に括《くく》り付けた。

児玉が板塀を越え、裏木戸を開けた。柘植と牧田が庭に入った。児玉は裏戸に耳を寄せると、懐から先が鉤形《かぎがた》に曲がった細身の針を取り出し、戸板の隙間《すきま》に差し込んだ。鉤針の先が心張《しんば》り棒《ぼう》に突き刺さった。児玉が鉤針を押す。心張り棒が外れた。

三人は竹筒に仕込んだ火種に息を吹き掛け、明かりを灯《とも》した。明かりを頼りに廊下を伝い、帳場へと向かった。部屋からは寝息が漏《も》れて来る。荒い寝息、細い寝息。寝息が揃《そろ》っていない。寝た振りをしているのではなく、深い眠りに入っている息だった。三方に分かれ、家の中を見て回ったが、桜井と結び付くものは何もなかった。

帳場に入った。

台帳が整理され、帳付け台に置かれていた。探したが、金子の賃付《かしつけ》を記した帳面はどこにもない。賃付帳を付けないのか、それとも主の部屋に置いてあるのか。

賃付帳は諦《あきら》め、栢植は台帳を開いた。竹筒の明かりを当て、一枚ずつ繰《く》った。児玉と牧田は、お店の者が起き出して来ないか様子を探りながら、掛帳を見ている。

筆の跡を辿《たど》ると、手堅い商いをしていることが分かった。しかし、品物を納める先が特に増えている訳でもなく、利鞘《りざや》はほぼ例年通りで、利子なしで金子を貸し出すことが出来るほど儲《もう》けがあるとは思えなかった。

栢植は台帳を閉じると、蔵のある方を指さした。

児玉と牧田は掛帳を棚に戻すと、栢植の前後に立った。

児玉が鉤針を使って裏戸の心張り棒を掛け直した。これで、忍び込んだ痕跡は残していないはずだった。栢植が四囲《しい》を見回してから言った。

「何か、感じたか」

「いいえ」児玉が答えた。

「まったく何も」牧田が続いて言った。

「ですが、確かに、あの時は……」児玉が、僅かに語調を強めた。

「向きになるでない。其の方の言《げん》は信用しておる」

「お許し下さい。つい……」

「蔵を見よう」柘植が先に立った。

蔵の鍵《かぎ》は、児玉が二本の針と鉤針を用《もち》い、難無く外した。分厚い扉《とびら》に次《つ》いで金網の付いた引き戸を開ける。

牧田がひとり外に残り、柘植と児玉が蔵に入った。

蔵の中は、蠟燭を収めた箱と、古い台帳の入った箱が山積みされているだけだった。

「おかしいではないか」柘植が言った。「金貸しの真似事《まねごと》をしているというのに、千両箱のひとつもないぞ」

金を蔵《しま》う場所は別のところに設けてあるのか、さもなくば、余剰の金子はないのか。だが、金が潤沢《じゅんたく》になければ、利子も付けずに金を貸すことなど出来ようはずがない。金は座敷のいずれかに、分からないように隠してあるのやもしれぬ。しかし、それでは火事の心配があるではないか。火事から金子《おたから》を守るためにこそ蔵があるのではないか。

「組頭、私は引き続き床下に忍んでおります」児玉が言った。「《山城屋》に食らい付いていれば、必ずや小頭の消息に繋がるものがあるはずです」

「頼む。だが、このまま蔵の錠前《じょうまえ》を外しておくゆえ、明日は何ぞ動きがあるに相違ない」

それを探れ、と命じた。

「私は？」牧田が訊いた。

「《山城屋》を見通せる場所に見張り所を設け、儂《わし》とともに見張るのだ。皆で揃って床下に潜る訳にもいかぬ。それよりも、もっと動き易《やす》い場所に詰める必要がある。金は儂が工面《くめん》しよう。手頃なところはないか」

「少し離れていますが、蕎麦屋《そば》がございました。そこの二階を借り受けては」

「駄目だ。蕎麦屋ではひとの出入りが激しい。漏れるかもしれぬ。他には」

「向かいに扇屋《おうぎ》と髢屋《かもじ》がございますが」

「選ぶとしたら？」

「扇屋の主は、骨がありそうに見受けられました」

「よし。明日の朝、扇屋に頼もう」柘植が児玉と牧田に言った。

「《山城屋》は動きましょうか」

「動かねば、主を訪ね、揺さぶりを掛けてみるつもりだ。儂が帰った後、どのように振舞うかを見、抜け出して参れ」

「承知いたしました」

児玉が再び裏戸の中に消えるのを見て、柘植と牧田は《山城屋》を離れた。

「それでも尚《なお》、《山城屋》が何も動かなかったとしたら、どうなりましょう。小頭の行方を探ることが出来ましょうや?」牧田が走りながら訊いた。

「その時はまた、儂に別の考えがある」

柘植が、暗い町並みに目を転じ、口を閉ざした。牧田はふと振り返り、《山城屋》を見た。

ふたりの姿を、《山城屋》の屋根に伏せ、見据えている影があった。望月十郎太である。

望月は、朝になって児玉の姿が見えぬことを知り、もしや、と思い、《山城屋》の床下に潜った。その時児玉に、気配を悟《さと》られそうになってしまったのであった。

「流石《さすが》、頼母の配下だ。なめて掛かってはいかんな」

望月は月のない夜空を見上げた。いつまで正体を隠したまま盗みを続けられるものか。

一瞬、不安が望月の顔を曇《くも》らせた。

だが、不安を飼うつもりも、飼い慣らすつもりもなかった。行き着くところまで行くしかないのだ、と言い聞かせた。

三

四月二日。

五ツ半（午前九時）を回ったところで、柘植は扇屋に設けた見張り所を後にした。

内密の調べのため二階を借り受けたいという申し出に、扇屋の主は二つ返事で応じてくれた。相応《そうおう》の礼はする旨を告げたが、

「滅相《めっそう》もございません。元々二階は店に出す品を収めてあるだけで、お客様をお

通することもない、言わば遊んでいる部屋でございます。ご存分《ぞんぶん》に」

柘植は主人に丁重《ていちょう》に礼をした。

明け六ツ（午前六時）に頼みに行き、朝六ツ半（午前七時）から二階に上がり込んだ。それから《山城屋》の見張りを続けていたのだが、自身番や町方に走るといった、目立った動きはなかった。

後ろめたいからこそ、届けられぬのでしょう。

意気込む牧田を見張り所に残し、柘植は《山城屋》の暖簾を潜《くぐ》った。

気付いた主の三右衛門が帳場を出、柘植を迎えた。

「お久し振りでございます」

「無沙汰《ぶさた》をしている。壮健《そうけん》で何よりだ」

柘植は児玉に聞こえるように、声に張りを持たせた。

「ありがとう存じます。本日は何か」

「組屋敷の者が世話になっている、と聞いたが」

「亡き渡瀬一族の菩提《ぼだい》を弔《とむら》うためにさせていただいていることでございます」

三右衛門は応えると、上がるようにと手で示した。見世先で話すことではない。

「邪魔するぞ」

帳場奥の内暖簾を潜り、奥へと廊下を進んだ。夜中に、竹筒の灰明かりを頼りに調べたところだった。

庭廊下に立ち、庭木を見る振りをして、土蔵のある方を見た。土蔵そのものは見えなかったが、ひとのいる気配がした。

「土蔵の鍵が壊れまして、店の者が騒いでおります。お聞き苦しいことがあるかもしれませんが、お許しください」

「それは困ったことだな」

「はい」三右衛門は小さく頷くと、「蠟燭が入っているだけなのですが、物騒《ぶっそう》なご時世《じせい》でございますので」と言って上目遣《うわめづか》いに柘植を見た。

渡瀬鉄蔵の存命中に、新造の父である三右衛門と顔を合わせたことが何度かあったが、このような目付きをする男ではなかった。

「伊賀の者たちへの尋常ならざる肩入れ、実はいささか驚いている。利子も取らずに金を貸してくれているそうだが、随分と内証が豊かなのだな」

「手前どもには、渡瀬様に嫁がせていただいた娘の他に、子はございません。店も一代限りと思っておりますです。ですから、横田様のお話を聞き、何とかお力添え出来ぬものかと考え、どうせなら他の方々の御役にも立ちたいと始めたまでのこと。ですが、いくらお力添えと申しましても、蟷螂《とうろう》の斧《おの》。大それたことは出来ません。貸し出すと申しましても、僅かなものでございます。ご得心《とくしん》、いただけましたか」

「分かった」柘植は、居住《いず》まいを正すと、組屋敷の者の顔色が、と言った。「少し明るくなったやに見受けられる。組頭として、経緯《いきさつ》を呑《の》み込んでおきたく尋ねさせてもらった。ありがたく御礼申し上げる」

「そのように仰しゃっていただき、手前も嬉《うれ》しく思います」

「ところで」と言って、柘植は声を潜《ひそ》めた。「身内の恥を晒《さら》すことになるのだが、桜井頼母と申す小頭を務める者がおってな。こちらにご厄介《やっかい》になっていないか」

「いいえ。存じませんが」

「借りに来なんだか」

「お調べいたしましょうか」

「頼む」

「少々お待ちを」三右衛門が、表の方に向かって手を叩いた。

手代が来た。

「桜井頼母様にご融通《ゆうずう》しているかどうか、見て来ておくれ」

手代は柘植の顔を見ないようにして頭を下げると、障子を閉め、廊下を表とは違う方へ去った。足音は、柘植らのいる座敷を回るようにして奥へ消えた。

程無くして戻って来ると、三右衛門に、

「ございませんでした」とだけ告げ、表へと戻って行った。

「お聞きの通りでございます」

「帳面は、手許《てもと》には置かぬのか」

「金子の貸付をするには、株仲間に入らなければなりません。手前は金利を得ませんので、貸付というには当たらないだろうと、何の手続きもしておりません。それで、帳面のようなものは作らず、覚えを付けておくに止《とど》めております。何しろ、返してもらおうなどとは、端《はな》から思っておりませんので、それでよろしいのでございます」

「成程《なるほど》の」

「で、その桜井様が、何か」

「突然消息が分からなくなってしまってな。こちらに来るようなことを言っていたのが最後であった」

「左様《さよう》でございましたか……」

「このままでは、桜井家が途絶《とだ》えてしまう」

「………………」

「《山城屋》殿ならば、ひょっとしたら何かご存じかと思ったのだが」

「御役に立てず、申し訳ございません」

「また伺《うかが》ってもよいかな」

「勿論《もちろん》で、ございます」

柘植のものらしい足音が戻って来た。

児玉は、床下を這《は》うようにして、足音を追った。

柘植が見世の脇から土間へ下りた。足許《あしもと》が格子の隙間から見えている。

「では、な」柘植が言った。

「御免下さりませ」

草履《ぞうり》の音がし、柘植の気配が消えた。

「………………」

三右衛門は暫く頭を下げていたのか、動く気配がない。誰かが声を掛けた。

「先程、荷が届きましてございます」

「そうかい。直《す》ぐ行きますよ」

《山城屋》の声は穏やかだった。


同二日。九ツ半（午後一時）。

柘植石刀は北町奉行所の大門を見上げてから、細く開いている右の潜り戸を押した。

右の潜り戸は、与力《よりき》や同心《どうしん》らが、月番の時に受け付けた訴えを処理するために出入りするので、開けてあった。

柘植を目に留めた門番が、名と用向きを尋ねた。柘植は名乗ると、

「鷲津殿に、お会いしたいのだが」

軍兵衛の名を口にしたことに、深い意味はなかった。心に残っていた名を挙げたに過ぎなかった。

門番は、玄関に行くようにと答え、敷石の先を手で指し示した。

柘植は青板の敷石の上をゆっくりと歩いた。敷石を挟《はさ》むようにして那智黒《なちぐろ》の玉《たま》砂利《じゃり》が整然と敷き詰められている。

玄関口にいた当番方《とうばんかた》の同心が、再び名と用向きを問うた。

面倒なことよ。胸の内とは裏腹に、柘植は丁寧に答えた。

「鷲津は、出ておりますが、いかがいたしましょうか」

「年番方《ねんばんかた》与力の島村殿は？」

「おりますが……」

「少しの間でよろしいのです。お会い出来ないか、伺っていただけないでしょうか」

当番方同心のふたりは顔を見合わせていたが、ひとりが柘植に訊いた。

「前以《まえもつ》てお約束は？」

「いいえ」

「なにしろ、御用繁多《ごようはんた》でして、こちらでは分かりかねますが、ともかく聞いて参りましょう」

「ご造作《ぞうさ》をお掛けいたす。それから」

同心が立ち上がり掛けて、動きを止めた。

「突然お訪ねした非礼《ひれい》を詫《わ》びていた、とお伝え下さい」

「承知いたしました」

奥の年番方与力の詰所に向かった同心が、やれやれという顔をして引き返して来た。

「少しならば、ということですが、よろしいでしょうか」

「かたじけない。助かります」

「では、こちらへ」

同心に案内された部屋は、一月の末に訪れた際、通されたのと同じ部屋だった。

待つ間もなく、島村恭介が現われた。

「何か」

島村は、挨拶《あいさつ》もそこそこに問い掛けた。

「早速ですが、ここ数日の間に何か事件はございましたでしょうか」

「ありますぞ。お江戸は約一千七百町、十町にひとつ事件があれば百七十件、二十町にひとつあれば八十五件になりますからな」

「人死には、ございましたか」

「芝口西側町の自身番のことは？」

「存じております。他には？」

「鮫ケ橋の溝川《どぶがわ》にひとが浮かんでいたのが、ありましたな」

「男ですか」

「まだどこの誰かは分からぬのですが、武士という見立てです」

「詳しい話を承《うけたまわ》りたいのですが。いや、是非ともお話しいただきたい」

柘植が鋭《するど》い眼差《まなざ》しを島村に注いだ。島村は、軽くいなすように首を傾《かし》げると、
困りましたな、と言って、続けた。

「貴殿もよくご存じの鷲津が受け持っておるのですが、ただ今市中見回りに出ております。出直されるか、待たれるか、どちらかとなりますが」

「待たせていただきましょう」

「では、暫時《ざんじ》お待ち下さい」

言い置いて応接の間を出ると、島村は当番方に茶を出すように命じた。

四半刻（三十分）が過ぎた頃――。

「御免、こちらに同心で鷲津という御方がおられるはずですが……」

玄関の方から、場所に似合わぬ若い声が聞こえて来た。己と同じく鷲津軍兵衛を訪ねて来たようだ。柘植は思わず耳を傾けた。

「いるが？」

「是非ともお会いしたいのです。お取り次ぎを願います」

「お名を承りたい」

「主家の名はご容赦《ようしゃ》下さい。私は浅川萬三郎と申します」

「して、どのような用向きで？」

「それは、お会いしてからお話しいたします」

「今、市中見回りに出ているところなのだが。急用ですかな」

「はい……」

困っているらしい。柘植は、非礼とは思ったが、立ち上がり玄関口を覗き見た。前髪の若侍であった。額に、目に付く程の大きさの黒子《ほくろ》があった。

「出直された方がよろしかろうかと存ずるが」

考えているのか、返答がない。

「もし……」玄関の奥から声がした。やはり、若い声であった。「浅川……ではないか？　そうだ、萬三郎であろう」

声の主は、束にし、紐《ひも》で綴《と》じた文書の山を抱えている。同心の卵なのだろう。

「あっ……」と萬三郎と名乗った黒子が声を上げた。

「竹之介《たけのすけ》……いや、元服《げんぷく》、したのか」

「今は、周一郎を名乗っている。お主、まだなのか」

知り人なのか。柘植は、戸口から戻ろうとした。その時、卵の声音《こわね》が緊迫したものに変わった。

「どうした？」

黒子が俯《うつむ》いたまま、声を絞り出した。

「……言えた義理ではないが、助けてくれ」

「鷲津」当番方の同心が、ここは玄関口だから、と卵に場所を移すように言った。

（鷲津……）

柘植が卵をよく見ようとした時には、ふたりは玄関を出て行くところだった。

声が聞こえなくなった。

（どうやら、倅《せがれ》らしいな）

軍兵衛の歳《とし》ならば、あの卵くらいの倅がいても不思議はなかった。

「ここなら、いいだろう」卵の声が俄《にわか》に近くから聞こえた。玄関先から回り込んだところが、応接の間の外に当たるらしい。

「話してみろ」

「大名家を荒らす賊が跋扈《ばっこ》しているのを知っているか」

柘植は、思わず知らず聞き耳を立てた。

「既に数家が賊に入られ、金子や品物を盗まれているらしい」

「いいや」

「それで」

「その賊が上屋敷に入ったのだ」

「確か、加賀の前田様であったな？」

「父はその日、警備のために上屋敷に詰めていたのだが、そこを狙い澄ましたかのように賊に入られた。金子ばかりか、大切なお品まで盗まれてしまってな。父からやっとのことで聞き出したところによると、何かが闇の中を走り抜けたのには気付いたのだが、それが賊だとは見抜けなかったらしい。その科《とが》で、父たちは今五十日の逼塞《ひっそく》を食らっている。お品が出て来ぬと、もしやすると主家を去らねばならぬことになるかもしれぬのだ」

「分かった。が、とにかく俺の父は鉄砲玉《てっぽうだま》だからな。刻限通りには戻って来ぬかもしれぬ。明日でよければ、朝五ツ（午前八時）には出仕する。その時に来られるか」

柘植は、湯飲みの蓋《ふた》を外し、そっと口許へ運んだ。

「来る」

「伝えておく」

「済まぬ」

「それからな、父は失《う》せ物を探し出す名人だ。必ず探し出してくれる。案ずるな」

「済まぬ」

「それは言うな。お主には借りがある」

忍《おし》の御城下にある伯父《おじ》の家を飛び出し、江戸に戻って来た蕗。その居場所を偶然見付け、周一郎に教えてくれたのは、萬三郎だった。

「何か、あったか」

「覚えておらぬなら、それでいい。必ず明日来いよ」

「うむ」

玉砂利を踏む音が立ったが、敷石に移ったのだろう。間も無く静かになった。

「玄関先を騒がせ、申し訳ありませんでした」鷲津の倅が当番方の同心に謝っている。

「知り合いだったのか」

「はい」

「役目柄、奉行所の外の者とは付き合うな、とよく言うが、私はそうは思わない。友は大切にするのだぞ」

「分かりました。ありがとうございました」

鷲津の倅が、廊下を奥の方へ足早に去って行った。

栢植は周一郎を見送ると、親父《おやじ》めが、と呟いて壁を睨《にら》み付けた。どこをほっつき歩いているのだ。

四

一刻（二時間）程して、鷲津軍兵衛が戻って来た。

潜り戸を通る時から、騒々《そうぞう》しい。だが、何やら機嫌がよいことは察せられた。

当番方の同心が、栢植が長いこと待っていると告げた。

軍兵衛は驚いた素振りも見せずに頷くと、応接の間に入って来た。

「これはこれは、もう二度とお会いすることはないと思うておりましたが、どのような風の吹き回しですかな」

軍兵衛の揶揄《やゆ》するような物言《ものい》いに、柘植は一瞬むっとしたが、平静を装《よそお》った。

「ちと伺いたいことがありましてな」

「私に、ですか」

「鮫ケ橋の一件について、伺いたいのだ」

「ほう。あのような岡場所《おかばしょ》の喧嘩沙汰《けんかざた》に興味がおありとは。それでは、これを読まれるとよいでしょう」

軍兵衛はお調書《しらべがき》を見せた。死骸《しがい》の浮いていた場所、発見時の様子、検屍した医師の見立てなどが詳細に綴《つづ》られている。これは、後々殺した者を捕えた時、口書《くちがき》（供述書）に添えられるものだった。

「かたじけない」

紙を繰っていた柘植の手が止まった。医師の見立ての箇所だった。

手足と首筋に畳針で付けたような刺し傷があり、首筋の傷が死因だと書かれていた。

（畳針……）

引っ掛かるものがあった。かつて伊賀に、畳針様の武器があった。鑿《さく》か。

柘植は、頭にかっ、と血が上るのを覚えた。これは、伊賀者の仕業《しわざ》だ。そして、殺されたのは、桜井に相違ない。

「丁寧な仕事振りですな」柘植は、努めてさりげなくお調書を繰って見せた。

「根が深そうな気がしましてな。念入りに書いておいたのです」

「これを貸していただく訳には参りませぬか」

「それはご勘弁《かんべん》下さい。直ぐにも上に上げないと、年番方と例繰方《れいくりかた》がうるさいもので」

「左様ですか」

「御役に立ちましたか」

「十分に。亡骸を拝見したいのですが、どこにあるか教えていただけますか」

「お教えするのは容易《たやす》いことですが、何でしたら、絵師に似絵を描かせてありますが」

「そのようなことまで」柘植は唸《うな》った後、今、お持ちですか、と訊いた。

「持っております。ですが、お見せして、もしお心当たりがあったら、その時は隠し立てはなし、ってことで願いたいのですが」

「相分かった」

軍兵衛は懐から菱沼春仙に描かせた似絵を取り出し、柘植に渡した。

柘植は、暫く凝《じ》っと見ていたが、黙って軍兵衛に返して来た。

「お心当たりは？」

「……済まぬが、島村殿をお呼び下さらぬか」

「俺には答えられねえ、とでも仰しゃるんですかい」

軍兵衛の物言いが伝法《でんぽう》なものに変わった。

「そう取られては困る」

「よく言うぜ。そう言っているのと同じじゃねえか」

軍兵衛は廊下に響き渡るような大声で、当番方同心に島村を呼んで来るように言った。

「何を騒いでおるのだ」

島村が内与力の三枝を伴《ともな》って応接の間に現われた。軍兵衛が、何で、という顔をして三枝を見たのに気付いたのだろう。三枝が空咳《からぜき》をして座った。

「まだはっきりとしたことは申し上げられないが」と柘植が、島村と三枝に言った。「どうも当方の配下の者が使っている小者が殺されたように思われる。ここまでお調べいただいたが、支配違いである。この一件から、手を引いていただきたい」

「それは出来ねえ。そっちの思い違いかもしれねえし、町屋の者が関わっているかもしれねえんだ。はい、そうですか、とはいかねえよ」

「待て、待て」と島村が、軍兵衛を手で制した。「柘植殿には柘植殿のお立場がある。言い分をお聞きしようではないか」

「落着したら、ことの真相は必ずお話しする。だから、頼む」柘植が頭を下げた。

「小者と言われたが、殺されたのは誰なんです?」

「だから、まだはっきりとは分からぬが、と言うておるではないか」

「そうかい、分かったよ。はっきりしたのは、あんたが信用出来ねえってことだ」

「何?」柘植の目が鋭く尖った。

「あの仏は、桜井頼母。小者なんかじゃねえ。あんたん組下《とこ》の小頭だ」

「どうして、それを?」

島村と三枝が、軍兵衛を見た。

「組屋敷近くには、酒屋に魚屋、八百屋《やおや》に煮売り屋と表店が沢山あるだろう。昨日から一軒一軒、雪駄《せった》の底を擦《す》り減らして訊き回ったのよ。皆、似絵を見て、これは桜井の旦那だ、と言ってたぜ」

「どうして殺されたのが伊賀者だと当たりを付けたのだ」島村が尋ねた。

「今は、勘としか言えませんな」

「では、訊く。この一件、何と思うておる？」柘植が問うた。

「そんなことは、これからだ。今は何ゆえ桜井殿が殺されたのか、それが知りたい。そちらに心当たりは？」

「ない」

「まあ、そういうことにしておきましょう。そうだ、面白い話を小耳に挟んだのだが、聞きたいかい」

「何だ？」

「表店の連中が口を揃えて言っていた。このところ組屋敷の方々は、金回りがよくなった、とね」

「内職に精を出しているからであろう」柘植は軍兵衛に答えてから、島村と三枝に言った。

「……どうあっても手を引いては下さらぬのであろうか」

「明屋敷番伊賀者の小頭が殺されたとあっては、これは大事件ですな」三枝が他《ひ》人事《とごと》のように呟いた。

「………」

「となると、支配違いゆえ、町方として関わるのは遠慮しなければなりません」

軍兵衛の口が思わず動き掛けたが、三枝は軍兵衛を無視して、

「しかし」と言った。「そのようなことは、この男には関係ないのです」

島村は、何を言い出すのか、と三枝の顔を見ている。

「この者は、真相が分からないままでは引き下がりません。どのように妨《さまた》げられようとも、もぐらのように手当たり次第掘り返し、本当のところを引き摺《ず》り出すまで止《や》めません。それが迷惑とお思いならば、ここは一緒に動いた方が無難かと存ずるが。柘植殿が御留守居役《おるすいやく》を丸め込み、御老中《ごろうじゅう》から御奉行に手を出すなと命ずるよう画策《かくさく》したとします。御奉行は私と島村殿に止めるように命じろ、と仰しゃるでしょう。私は御奉行に忠実な者ですから、命令通り、止めろと言う。それで止めてくれるのならば言う甲斐《かい》もあるのですが、この者は止めないのです。ほとほと困り果てているのです」

「止めろと言わないのですか」軍兵衛が、訊いた。

「もう飽きた。抑えれば、向きになって調べる。調べろと言えば、どこまでも調べる。それが其の方だろう」

「偉《えれ》え。見直したぜ」

「軍兵衛、控えろ」島村は強い口調で言ったが、頰《ほお》が僅かに緩んでいた。

「今の儂には、真相は分からぬ。だが、分かったとしても、表沙汰《おもてざた》にせぬ方がよい時もある……」柘植が、言った。

「小頭が殺されたとあっては、組頭としての責任《せき》がありますからな」軍兵衛が応えた。

「儂はそのような姑息《こそく》な者ではない」柘植の口から唾が飛んだ。「どうあっても、知り得たことはお調書に記し、遺《のこ》されるおつもりか」

「分からねえ。その時になったら、俺が決める」

「儂が断固《だんこ》阻止すると言ったら？」

「受けて立ちますが、あなたなら安心だ」

「どういう意味だ？」

「闇夜《やみよ》に襲うような真似はしそうにないってことですよ」

「伊賀者は、そのようなことはせぬ」

柘植は、桜井頼母の亡骸《なきがら》を預けてある寺の所在を聞くと、

「申し訳ないが、亡骸の始末などの一切を、こちらに任せてもらいたい」構えて、頼む。柘植が言った。

「構わねえよ。腐っちまうから早く葬ってやらねえとな」

「………」

「こちらも御役目で、新造から話を聞きたいのだが、組屋敷に行ってもいいかい」

「まだ組屋敷の者には桜井の死を知られたくないのだ。新造には、この一件の片《かた》が付くまで寺に籠《こ》もり、菩提を弔っていてもらうつもりだ。そっとしておいてもらいたい。儂は取り急ぎ寺に参り、桜井と会《お》うて来る」

柘植には確かめねばならぬことがあった。亡骸の傷を見、畳針様のものが鑿であるかどうかを吟味《ぎんみ》せねばならない。鑿だとすると、《伊賀の縫い針》と呼ばれる技を使った者がいたことになる。

組下の者たちの顔を思い浮かべてみた。そのような技を使う者には覚えがなかった。疾《と》うの昔に廃《すた》れた技である。密《ひそ》かにそれを習い覚えた者がいれば、噂《うわさ》にでもなりそうなものではないか。

間違いであって欲しかった。同じ伊賀者を疑わねばならぬとは。

栢植は、表情を押し殺し、軍兵衛に向かって頭を下げた。

「これまでのこと、礼を申し上げる」

栢植が帰り、三枝が奉行所の奥にある町奉行の役屋敷に戻るのを見届けた島村は、改めて軍兵衛に手を差し出した。

「お調書を、見せてもらえるかな」

「無論《むろん》でございます」

「いつ、仏が伊賀者だと分かったのだ?」

「つい先程です」

死骸が見付かったのが二十九日。今日は月が変わって二日である。嘘はなさそうだった。島村は、尋ねることがあるかもしれぬから、と軍兵衛に言った。

「今暫く詰所に残っていてくれ」

年番方与力の詰所に戻った島村から、程無くして呼び出しが掛かった。加曾利がいたら、ともに来るようにという伝言だった。軍兵衛は玄関の当番方の同心に、加曾利が帰って来たら年番方の詰所に来るよう言ってくれ、と頼み、島村の許に向かった。

「畳針のことなど、聞いていなかったぞ」

「自身番のことでお忙しそうでしたので、これからと思っていたのですが、何か」

「その自身番の一件だが、殺しに使われたのが、畳針のようなものなのだ」

「詳しくお願いいたします」

ふたりが心《しん》の臓、ひとりが額を刺し貫かれていた。それが死因だ、と島村が言った。

「加曾利は得物《えもの》が何だったかを探ると同時に、殺しがあったと思われる頃合に、自身番に出入りした者を見た者がいないか、探し回っているのだ」

「もしかすると、ふたつの事件は」

「繋がっているのかもしれぬな」

「殺されたのは、片や明屋敷番の伊賀者、片や自身番に詰めていた大家ら……」

「繋がりは、今は見えぬ。が、必ずある」

探せ、と島村は語気を強めた。

第五章　蠟燭《ろうそく》問屋《山城屋《やましろや》》

一

同四月二日。宵五ツ（午後八時）。

明屋敷番《あけやしきばん》伊賀者の番所は静けさに満ちていた。特別に珍しいことではない。殆《ほとん》どの者は夕七ツ（午後四時）か七ツ半（午後五時）には組屋敷に戻り、その刻限までに仕事を終えられなかった者も宵五ツ前には番所を出るのが常《つね》だった。

しかし、この日もまだ組頭《くみがしら》の詰所《つめしょ》の明かりは消えていなかった。柘植の前には、児玉と牧田がいた。

「居残っているのは」

「泊まり番の者だけでございます」

「どこにいる?」

明屋敷に詰めている者からの火急《かきゅう》の知らせに備え、泊まり番は玄関脇の小部屋にいることになっていた。そこだと答えた。

「念のためだ。他に誰もおらぬか、ふたりで見て参れ」

児玉と牧田は廊下に出ると、児玉は玄関の方へ、牧田は水を飲む振りを装《よそお》って裏に回った。

ふたつの足音が相次いで戻って来た。泊まり番しかいない、とふたりが口を揃《そろ》えた。

「では、ここから動かず、見張っていてくれ」

柘植は燭台《しょくだい》を手にすると、鍵《かぎ》を開け、組頭の詰所の隣室に設けられた絵図庫に入った。

絵図庫は三方が土壁になっており、出入りするには組頭の詰所との境にある板戸を通らねばならない。

柘植は燭台を畳に置き、棚の上段に仕舞われていた白い布を取り、広げて敷いた。次いで前田家の絵図面を収めてある箱を棚から取り出して、布の上に置いた。そっと蓋《ふた》を外す。箱の四囲《しい》を見回した。

組頭同士の申し合わせで、蓋を開けると、挟んで置いたごく薄い木片が落ちるようにしてあった。それがなかった。これは、申し合わせを知らない小頭以下の者が蓋を開け、絵図面を見たことを示していた。

柘植は、箱を棚に戻すと、燭台の火を吹き消し、

「出るぞ」とふたりに告げた。

「何をお調べになったのですか」

「後にせい」

三人は、黙って善国寺の手前にある空地へと向かった。まだ遠くから酔客の微《かす》かなざわめきが聞こえて来る刻限だったが、空地に入ると、闇《やみ》が支配するだけのところとなった。

「今日、奉行所に出向いたことは知っているな。そこで身許《みもと》の分からぬ仏が出たことを知った」

「まさか……」

「桜井だ。殺されておった」

児玉と牧田が、同時に驚きの声を発した。

「髷《まげ》を解かれ、下帯ひとつの姿にされて、溝川《どぶがわ》に放《ほう》り込まれていた」

「何と……」牧田が、声を詰まらせた。

「いつのことでございましょうか」児玉が訊《き》いた。

「三月《やよい》の晦日《みそか》。夜が明ける前らしい。鮫ケ橋の溝川に浮いていたのだそうだ」

「ということは、二十八日に出て行かれ、そのまま殺された、ということですか」

「そうなる」

「誰の仕業でございますか」牧田が訊いた。

「確《しか》とは分からぬが、《山城屋》を調べさせていて殺されたのだから、《山城屋》に関《かか》わりのある者であろう」

「御新造《ごしんぞう》に知らせましょうか」

「もう知らせた。桜井とともに寺におる」この件が片付くまでは、寺に籠《こ》もらせておくつもりだ、と話した。「其《そ》の方らも、今暫《しばら》くは寺に行くのは我慢せい」

「組屋敷の者には、知らせぬのですか」

「殺した者に忍びの心得があるようなのだ」

桜井を殺した武器が鑿《さく》であることを話した。

「寺に寄り、亡骸《なきがら》を見た。あれは鑿の刺し傷であった」

「安永の世に、鏨を使う者など残っているのでしょうか」児玉が訊いた。

「分からぬ」

「それに、忍びは伊賀者だけとは限りませぬ」

「限らぬ。が、儂《わし》には明屋敷番の者のように思える」

絵図面のことを話した。

「覗《のぞ》き見た痕跡《あと》があった」

絵図庫に入れるのは組頭だけだ。その組頭にしても、たった今申し合わせを破ってしまったが、他の組頭に知らせてからでしか入れぬし、小頭やその組下の者は、組頭が持ち出して来ない限り、見ることが出来ない。にも拘《かか》わらず、誰か見た者がいたのだ。

「絵図面と小頭の死の間に、何か関わりがあるのでしょうか」

「其処此処《そここ こ》の大名家に賊が忍び込んでいるという噂《うわさ》を知らぬか。うかつにも、私は知らなかったのだが」

「聞いたことがございます」と牧田が言った。「旗本《はたもと》家にも夜盗《やとう》に入られたところがあるとか」

「そうだったのか。知らなんだ」児玉は牧田に言い、次《つ》いで柘植に尋《たず》ねた。「それが、何か」

「加賀様の上屋敷も入られたらしい。そこで、先程絵図面を調べてみたのだが、箱を開いた跡があった」

児玉と牧田は、身動きもせずに聞き入っている。

「大名家は警備が手薄だと言われている。しかし、見回りの者は回っているはずだ。なのに、既に数家で被害が出ている。そこで、考えた。屋敷図を見ていたのではないか、とな。格子の細工の場所なども詳しく書き込まれているのだ。こっそり忍び込むことなど造作もないわ」

「お待ち下さい。すると、《山城屋》の貸している金子《きんす》とは？」児玉が尋ねた。

「それよ。どうだ、結び付かぬか。忍び込んだ屋敷から金子を盗み、それを《山城屋》に渡して貸し出させる。そういうからくりなのだ」

「そんな……」牧田が絶句した。

「何と大それたことを」児玉が吠《ほ》えるように言った。

「金の出所《でどころ》を知っていようがいまいが、貸した方も、借りた方もただでは済まぬ話だ」

「町方《まちかた》には、どこまで知られているのですか」

「既に、亡骸が桜井であることは知られていた」

「………」ふたりが黙った。

「だが、まだ《山城屋》のことも知らなければ、大名家を狙《ねら》う盗賊とも結び付けてはおらぬようだ」

「それはようございました」

「しかし、いつ辿《たど》り着くか分からぬ。それより先に、儂らが始末を付けねばならぬ」

「どうしたら？」

「組屋敷内の誰を信じたらよいか、分からぬ。儂ら三人で調べるしかない。交替で《山城屋》を見張り、出入りするすべての者に目を光らせ、少しでも不審な動きがあれば、そこから突き崩していくこととといたす。それと、鑿だ。鑿を所持している者がいるのか、それを探らねば。儂も心当たりを探すが、其の方らも探ってみてくれ」

絵図庫の出入りだが、と柘植は言って、首を振った。四六時中見張ることは出来ぬし、既に調べ尽くしているかもしれぬでな。そちらは成り行きに任せよう。

「《山城屋》の見張りですが、やはり床下に潜《もぐ》りますか？」児玉が訊いた。

「いや、扇屋で参ろう」柘植が答えた。

二

四月三日。朝五ツ（午前八時）前。

出仕《しゅっし》した鷲津軍兵衛と周一郎を、浅川萬三郎が待っていた。

「話は聞いた。前田様から文箱《ふばこ》探索の願いが出ているから、どのような品かも分かっている。必ず俺が見付けてやるから、大船に乗った気でいろ」

「はい……何卒《なにとぞ》、お願いを……」

萬三郎の下唇《くちびる》が震えている。

「三月二十二日の丑《うし》の上刻（午前一時）に賊が忍び込んだらしいが、それ以上のことは分かっていない。何か父上から聞いていねえか」

「父たちも、はっきりと見た訳ではないのです。それなのに、見ていたのに声も上げなかったから、と……」

「何を見たんだ、父上は？」

「黒い影のようなものが動いたところを見たらしいのですが、その動きがあまりに素早かったので、大きな犬かと思ったそうです」

「やはり、そうか。参考になったぜ」

「なったのですか」萬三郎の声が弾んだ。

「後は俺に任せ、吉報を待ってろ。いいな」

「はい」

周一郎が萬三郎を大門の外まで送っている。

軍兵衛は玄関には向かわずに、大門裏の控所に行き掛けて、小網町の千吉らがいないことを思い出した。千吉らには明屋敷番伊賀者の組屋敷の出入りを見張らせていたのだ。

軍兵衛は中間《ちゆうげん》の春助を呼び、五ツ半（午前九時）には浅草《あさくさ》の方へ出掛けるので、大門裏の控所で待っているように言い付けた。

「浅草は、どちらまで？」

「蛇骨の清右衛門のところだ」

「ああ」と言ってから春助が頭を下げた。「承知いたしました」

「何が、ああ、なんだ？」

「また、何かお頼みになるので？」

「余計《よけい》なことだ」

しかし、この日清右衛門は浅草を離れ、箱根《はこね》の湯治場《とうじば》にいた。

もう一月《ひとつき》近く行っておりますので、そろそろ帰って来る頃かと思いますが、何か。

小頭の得治《とくじ》に訊かれたが、毎度失《う》せ物探しを頼みに来ると思われるのも癪《しゃく》なので、ご機嫌《きげん》伺《うかが》いだ、と応《こた》えておいた。だが、春助にさえ読まれているのだ。誤《ご》魔《ま》化《か》せたとは、とても思えなかった。

それから三日が経《た》った。

四月六日。昼四ツ（午前十時）。

軍兵衛に命じられ、千吉は手下の新六、佐平とともに明屋敷番の組屋敷の出入りを見張り続けていた。見張り所にしたのは、組屋敷の木戸門を見通せる小間物屋の二階隅の狭い部屋だった。

この間に、目立った動きはなかった。

木戸門を開け、組屋敷の長屋から新造がひとり出て来た。出掛けるらしい。

千吉が新六に顎《あご》を振って見せた。新六が部屋を飛び出し、階段を下りた。新造が立ち止まり、丁寧に頭を下げている。千吉は、障子窓《しょうじまど》に額《ひたい》を押し付けるようにして見下ろした。同じ組屋敷の新造と立ち話をしている。相手の新造には見覚えがあった。動くに動けず新六がやきもきしている様が目に浮かんだ。

次《つ》いで、別の新造が木戸門から現われた。風呂敷《ふろしき》包みを抱えている。内職の品を届けるのだろうか。新造の足取りが浮き浮きとしていた。佐平に尾《つ》けるよう合《あい》図《ず》した。

立ち話をしている新造らに挨拶《あいさつ》をし、脇を擦り抜けるようにして歩いて行く。人目を気遣い、十分に間合を取って、佐平が尾け始めた。

四半刻（三十分）の後、最初の新造が手に青菜を持って帰って来るのが見えた。その後ろに新六の姿があった。空を見上げるなどして、のんびりとした歩みを心掛けているのだろうが、作ったような感じは拭《ぬぐ》い切れなかった。

不器用な男だぜ、と思いはしたが、それは新六の長所でもあった。御用慣れして金に聡《さと》くなる十手持《じっても》ちが多くなる中で、新六は生真面目《きまじめ》に事件《こと》と向き合っている。

新六が戻って更に四半刻が過ぎた頃、組屋敷の木戸口に立っている新造の姿が目に留《と》まった。

迷いが足を止めさせたように見えた。ややあって、意を決したのか、俯《うつむ》き加減いて行く。


のまま歩み出した。

「行って参りやす」新六が、身軽に立ち上がった。

「いや、俺が行こう」

千吉は窓辺を離れ、階段を下りた。

新造は裏道を縫《ぬ》うようにして神田川のほとりに出ると、市ケ谷御門の方へと歩いて行く。

数歩先の地面を見ているのだろう。襟足《えりあし》から項《うなじ》が覗いている。

市ケ谷御門に続いて牛込御門を過ぎ、船河原橋《ふなかわらばし》を渡り、湯島の聖堂の立ち木がこんもりと見えるところで、新造は突然川沿いの道を左に折れた。

(どこに行きやがるんでぇ)

新造は湯島天神から不忍池に抜けると、あちこちを見回している。目当ての場所が分からないのか。

焦《じ》れってえな。通りすがりの者として出て行って、教えてやろうかと思った程だった。そうこうするうちに、小坊主がふたり、連れ立って歩いて来るのが見えた。

小坊主に気付いた新造が駆け寄り、何事か尋ねている。小坊主が北の方を指さした。新造は、礼もそこそこに、せかせかと歩き始めた。

小坊主に歩み寄った千吉は、道に迷ったのかね、と新造の方を振り返りながら、小坊主らに笑顔を見せた。

「蠟燭問屋《ろうそくどんや》の《山城屋》さんに行きたかったようですよ」

「そうかい。迷子にならなくてよかったな」

小坊主たちも笑顔を見せた。千吉はふたりに片手を上げて、さりげなく新造の後を追って歩き始めた。新造は、池之端の道を、教えられた方へと歩いている。

蠟燭の絵看板が目に入り、次いで蠟燭問屋《山城屋》の暖簾《のれん》が見えた。新造は、暖簾の外で、数瞬ためらっていたが、強く唇を嚙《か》み締めると、暖簾の内側に消えた。

中でどんな遣《や》り取りがあるのか。

外で待とうかとも思ったが、新造には十手持ちの血を騒がす思い詰めたものがあった。

千吉は、尻《しり》っ端《ぱ》折《しょ》っていた裾《すそ》を下ろし、中へ入った。

「御免よ」

棚の品を見る振りをして新造を探した。新造は手代に何か小声で話している。

「いらっしゃいまし」別の手代が千吉の前にやって来た。「どのようなお品を」

「ちょいとよ、家で祝い事があってな。それで奮発《ふんぱつ》して蠟燭を買おうって寸法《すんぽう》だ。見せてもらうよ」並べてある品を見比べながら、さりげなく新造の方へと寄った。

新造の相手をしていた手代が、番頭らしい男と交替した。新造は、懸命に頭を下げている。

「わたしは、明屋敷番……」

「万事承知いたしております」番頭は新造に言うと、脇にある内暖簾を示し、回るようにと言った。「直《す》ぐにも主《あるじ》が参りますので」

新造が内暖簾を潜《くぐ》ったのと時を同じくするように、手代に呼ばれたのか、主の三右衛門が帳場に現われた。番頭が、女が来たことを教えている。三右衛門は、見世の様子を見渡し、蠟燭を選んでいる千吉に一瞬目を留めてから、奥へと下がった。

新造のところへ行くのだろう。見世からでは遣り取りを聞くことは出来ない。

千吉は、手頃な蠟燭を一本求め、外に出て待つことにした。

《山城屋》の両隣を見た。仏具屋と硯《すずり》や墨《すみ》を商う小店が軒《のき》を並べている。向かい側を見た。扇屋《おうぎ》と髢屋《かもじ》があった。

扇屋には客が出入りしていたが、髢屋には出入りの者の数が少なかった。

見張り所にするなら、髢屋か。

取り敢《あ》えず、髢屋と扇屋の間の路地に入り、新造が出て来るのを待った。

その千吉の姿を、扇屋の二階から見下ろしている者があった。児玉と牧田のふたりである。

「どこの誰だか、尾《つ》けてくれ」児玉が言った。


同六日。七ツ半（午後五時）。

鷲津軍兵衛が小間物屋の二階に設けた見張り所に行くと、新六と佐平はいたが、千吉の姿が見えない。

「親分は？」

「ちょいと調べものに出ております。追っ付け戻るかと」

「何か変わったことは」と言って、軍兵衛は言葉を切った。新六の顔付きが明らかに違う。

「あったって顔だな」

「ございやしたとも」

「話してみな」

「へい。順を追って申し上げます。佐平、お前からだ」

「昼四ツ（午前十時）を回った頃だったでしょうか。新造が風呂敷包みを持って出掛けたので、尾けてみました。内職でも届けるのかと思っていたら、新造は途中で菓子を買い、御広敷《おひろしき》伊賀者の組屋敷に行きやした。後で調べると、そこは娘の嫁ぎ先だったんでやすが、洗い張りした着物を渡してやっておりやした。暮らしにゆとりがあるんでございやすよ」

「その後ですが、別の新造を親分が尾けやした。これは遠出になりやして」と新六が後を引き取って言った。「行き先は、不忍池のほとり、茅町二丁目の蠟燭問屋《山城屋》。出掛ける時は俯いていたそうなんですが、店で主の三右衛門と会った後は、帰りの足取りが、そりゃあもう嘘《うそ》のように弾んでいたんだそうです。そして、どこに寄ったと思いやす？」

「気を持たせずに言え」

「酒屋と米屋と煮売り屋でした」新六が眉《まゆ》をぴくりと上げた。

「酒屋と米屋では、溜《た》まっていた付けを払った？」

た。

「まさか、金貸しをやっている訳じゃあるめえな。蠟燭問屋が」軍兵衛が訊いた。

「そんな届けは出ておりやせん。潜りでございましょう」佐平が言った。

「蠟燭問屋ってのは、そんなに儲《もう》かるのか」

「茅町の辺りは、寺が沢山ございますから」

「何か気に入らねえな」軍兵衛が言った。「《山城屋》について、調べてみるか」

「それで今、親分が調べに行ってるって訳でございやす」

「待つしかねえようだな」

軍兵衛は障子窓の脇に行き、組屋敷の木戸門に目を遣った。組屋敷から煮炊《た》きの煙が上がっている。笑い声が、小さく、遠く、聞こえて来た。

階段を上がる足音がした。千吉が戻ったのだ。

「ご苦労だったな」軍兵衛が言った。

「いらしてたんでございやすか」千吉は座ろうとして、軍兵衛に茶が出ていないことに気が付いた。「てめえら、旦那《だんな》にお茶もお出ししねえで、何やってんだ」

飛び上がった佐平を止《とど》め、

「茶はいい」と軍兵衛が言った。「先に話を聞かせてくれ」

「《山城屋》には、ひとり娘がおりやした。その娘が十二年前に嫁いだ相手ってのが、前《さき》の明屋敷番伊賀者の組頭・渡瀬鉄蔵でございやす」

「明屋敷番、組頭だと……」脳裏に柘植の顔がよぎった。

そうなんでございやす。千吉がぐいと身体《からだ》を前に出した。

「ところが嫡男《ちゃくなん》が生まれた頃、流行病《はやりやまい》に罹《かか》っちまって、旦那と息子、それに嫁さんまでが亡くなっちまって、養子をもらう間もなく、そのまま絶家になったって話でございやした」

「誰から聞いた？」

「蠟燭問屋の《松葉屋《まつばや》》でございやす」

「よくやった。どうやら《山城屋》が鍵だな。暫く《山城屋》を見張ることにしよう」

「《山城屋》の何を見張れば？」新六が尋ねた。

「ともかく、客の出入りだ。《山城屋》が潜りの金貸しを伊賀者らのような御家人相手にやっているのなら、見張っていれば武家や新造らしいのが来るだろう」

《山城屋》が前の組頭の縁者ゆえに、明屋敷番伊賀者に肩入れして融通《ゆうずう》しているのかもしれねえが、その辺りも次第に見えて来るだろう。

「組屋敷の方も見張りやしょうか」と千吉が、組屋敷の方に目を遣ってから訊いた。

「《山城屋》一本で行こう。組屋敷の者らしいのが来たら、帰る時に尾けてもいい。それから、見張りながらで大変だろうが、千吉、《山城屋》がどうして金回りがよいのか、調べてみてくれ」

「かしこまりやした」

お店の懐《ふところ》具合を調べるのは、隠密廻《おんみつまわ》りの得意とするところだった。武智にも調べさせてみるか。あの野郎のことだ、とんでもねえことをほじくり出して来るかもしれねえからな。

「よし、今日のところは、これまでだ。景気付けに飲もうじゃねえか」

「旦那、よろしいんで？」

「構わねえ。その代わり、明日からまた頼むぜ」

「任せておくんなさい」

胸を叩《たた》いた新六に、千吉の雷が落ちた。

軍兵衛は妹尾周次郎家の中間・源三が贔屓《ひいき》にしている《木菟入《ずくにゅう》酒屋》に行こう

かとも思ったが、酒も肴《さかな》も折り紙付きの不味《まず》さであったことを思い出し、幸橋《さいわいばし》御門の南、西久保《にしくぼ》の辺りで飲むことにした。

小間物屋に礼を言い、連れ立って行く軍兵衛らを天水桶《てんすいおけ》の陰から柘植と牧田が見送った。

「あれが、鷲津軍兵衛だ」

牧田は千吉を尾け、小間物屋の見張り所から《山城屋》と同業の蠟燭問屋に回ったところまでを見届け、番所の柘植に知らせたのだった。その後は、柘植とふたりで見張っていたことになる。

「恐らく奴らはここを畳み、《山城屋》を見張るだろう。儂も明日は行くゆえ、先を越されぬようにな」

「承知いたしました。このこと、児玉にも伝えておきます」

「話の通り、しつこい男だな」柘植は呟《つぶや》くように言って歩き出した。

番所に戻る柘植と、再び夕暮れの町に走り出した牧田の姿が、伊賀町から見えなくなった。ふたりと入れ違うようにして、男が路地から現われた。川尻市兵衛であった。この日川尻は、詰めている明屋敷から組屋敷に私用で立ち寄ろうとしていたところであった。

（彼奴《あやつ》ども……）

桜井頼母の亡骸を引き上げさせていた同心と、市ケ谷亀岡八幡宮《はちまんぐう》の先までしつこく尾けて来た御用聞きだった。

どこまで知っているんだ？　川尻は、軍兵衛らの後を尾けることにした。

軍兵衛らは溜池《ためいけ》沿いに行くと、西久保辺りで何かを探し始めた。手下のふたりがあちこちの横町を覗いている。ひとりが、縄暖簾を見付け、指さしている。

四人が腰高障子の中に消えた。

川尻は、久保ケ原《くぼがはら》に出ている担《にな》い売りの蕎麦《そば》屋に行き、まだここにいるか、と尋ねた。

「へい。後一刻（二時間）は間違いなく」

「某《それがし》は御上の御用を預かる身だが」

「ご苦労様にございます」

「うむ。其の方に頼みがある。脇差《わきざし》と」と言って脇差を抜き取り、続いて羽織《はおり》と袴《はかま》を脱ぎ、

「これを預かっていてくれ。四半刻か半刻のことだ」頼めるか、と蕎麦屋に訊い

た。

「承知いたしました」

「それでは酒を頼む」

「酒でございますか」

「そうだ」

蕎麦屋が湯飲みに酒を注《つ》いだ。川尻はごくりと一息であらかた飲むと、残りを口に含み、両の掌《てのひら》に吹き掛けた。

蕎麦屋が呆気《あっけ》に取られて見ている。川尻は両の掌で顔を擦《こす》ると、懐から紙入れを取り出し、代金と心付けを渡し、駆けるようにして縄暖簾の腰高障子を開けた。

軍兵衛らは入れ込みの奥にいた。八丁堀や御用聞きの近くは煙たいのか、横が空いていた。

川尻は草履《ぞうり》を脱いで上がり込むと、軍兵衛らの横に背を向けて座り、酒と肴を頼んだ。

軍兵衛と御用聞きらが、ちらりと川尻を見たが、浪人と思ったのだろう、また話し始めている。

「で、言いやがった。止めるのは『もう飽きた。抑えれば、向きになって調べる。調べろと言えば、どこまでも調べる。それが』俺だ、と言うんだ」

「流石《さすが》、三枝様だ。よく見ていなさるじゃござんせんか」千吉が言った。

「少し、な。少し、だぞ。見直してもいいかな、と思っているんだ」

小女《こおんな》が酒と小魚の塩焼きを川尻の前に置いた。川尻は小魚を口に銜《くわ》えると酒を注いだ。

千吉が徳利《とつくり》を手に取り、横に振った。酒の波打つ音がした。

「どうぞ」千吉は軍兵衛の猪口《ちょこ》を満たすと、新六と佐平に、飲め、と言った。

「明日からまた見張りだぞ」

「心当たりはあるのか」と軍兵衛が千吉に訊いた。「見張り所を頼めそうなお店に」

「へい。向かいに髪屋がございまして、その二階を考えております」

「お店には何人ぐらいいる」

「主夫婦に娘がひとり。番頭と手代が各々《おのおの》ひとり。それに、職人が四人。職人は通いでございます」

「口は堅そうか」

「覗いただけですが、無駄話をしているのは、ひとりもおりませんでした」

「頼んでみてくれ。俺は俺で、武智の奴をこき使ってやろうかと思っているんだ」

「武智様って、あの武智の旦那をですか」

「そうよ」

軍兵衛が声を潜めた。

川尻は小魚の頭を喰《く》い千切ると、荒っぽく噛《か》みながら、酒を咽喉《のど》に流し込んだ。

三

四月七日。暮れ六ツ（午後六時）。

新六と佐平は、髪屋の二階から交替で《山城屋》に出入りする者を見張っていた。ともに、日に数度は尾行に出ていたが、成果は上がっていない。

千吉は、見張りの合間を縫って外出しては、《山城屋》と同業のお店を回り、内証《ないしょう》の塩梅《あんばい》に探りを入れているのだが、こちらもはっきりとしたことは摑《つか》めなかった。

髭屋の裏戸が開いた。

軍兵衛の来る刻限だった。階段口を見た。

階段を上りながら軍兵衛が、手にしていた重箱を上げて見せた。池之端仲町にある料理茶屋《志《し》のぶ川《がわ》》のお重弁当だった。千吉に続いて、見張りをしていた佐平が頭を下げ、新六が笑顔を見せた。

「ご苦労だったたな。俺が代わるから食べてくれ。新六、腹ぁ減っただろう」

重箱を並べた。ひとつにはふんわりとした出汁《だし》巻《まき》玉子や煮物が、もうひとつのお重には、青菜を刻み込んだ握り飯がぎっしりと詰められていた。

「こいつはすげえや」

新六が手を伸ばしたくてうずうずしている。

しかし千吉が、頂戴《ちょうだい》する前に、と今日一日の報告をしているので、食べられない。新六の咽喉が鳴った。

「うるせえ奴だな。食べていいから、静かにしてろい」

「大筋は聞いた。その辺でいいだろう。千吉も佐平も、食べてくれ。代わろう」

軍兵衛は窓辺に行き、佐平を追い立てるようにして、重箱に向かわせた。

三人がお重を囲んで箸《はし》を動かしている。

軍兵衛は空茶《からちゃ》を啜《すす》りながら、向かい側に目を遣った。

《山城屋》は既に揚げ戸を下ろしてしまっている。ひとの出入りもなさそうだった。

「今日は上がりにするか」軍兵衛が言った。

「こんな美味《うま》いものを頂戴して上がりにしたら、喰い逃げでございやす。せめてもう一刻見張らせて下さいやし」

「長丁場《ながちょうば》になるかもしれねえんだ。無理するんじゃねえ」

「後で、あの時もう少し見張っていたら、と悔いるような真似《まね》だけはしたくねえんでございやす」

「では、一刻だけだぞ。宵五ツ（午後八時）の鐘がゴンと鳴ったら、上がるんだぜ。いいな」

「承知しやした」

手早く食べ終えると、千吉が立ち上がった。見張りを代わろうと言うのだ。

「せっかちだな」と軍兵衛が言った。「食休みの間くらい見張らせろ」

ありがとうございやす。応えた千吉の脇で、新六が出汁巻玉子を箸で刺し、しみじみと眺めている。

「馬鹿《ばか》野郎が、何をしてるんでぇ」

「いやあ、上手《うま》く作るもんだって思っていたんですよ。きっと玉子も成仏《じょうぶつ》しただろうなって」

「てめえにゃ負けるぜ」千吉は苦笑いを浮かべると軍兵衛に、「お目障《めざわ》りな奴で相済いやせん」と詫《わ》びたが、その目は笑っていた。

「いいってことよ。玉子が成仏したか心配するなんざ、流石は新六兄ィだ。得な奴だぜ。なあ」

　軍兵衛が佐平に話を振った。

「あっしにはとても、兄ィの真似は出来やせん。羨《うらや》ましい限りでございやす」

「それぞれ、持ち味が違うからいいんだ。佐平の凜《りん》とした働き振りなんざ、実に好ましいぜ」

　ありがとうございます。佐平が箸を置いて、礼を言った。

　新六が、佐平と千吉を見てから、あっしにも、という顔をして軍兵衛に目を移して来た。褒め言葉を待っているのだ。

「新六よ。お前が千吉のところにいてくれて、俺は嬉《うれ》しいんだよ。ふたりといねえぜ、新六様は」

「そうでしょうか」新六が鼻の穴を広げている。

「早く喰っちまえ」と千吉が新六に言った。「米は炊けてるんだ。噛《か》まずに飲み込め」

新六が握り飯を頬張《ほおば》ったところで、軍兵衛は先に帰らせてもらう、と告げた。

「済まねえな。穴埋めはするからな」

「そこまでお送りしやしょう」千吉が後に続こうとした。

「それじゃあ、見張りにならねえ。俺はねんねじゃねえから心配いらねえよ」

「では、お気を付けて」

軍兵衛は佐平が用意した提灯《ちょうちん》を手に、裏口の木戸を開けた。

空を見上げた。

とっぷりと暮れている空に上弦《じょうげん》の月が掛かっていた。

茅町二丁目の髢屋《かもじや》から裏路地を通り、大きく迂回《うかい》して不忍池に出た。

教證寺《きょうしょうじ》の門前を過ぎ、己の立てる足音のみを聞きながら池のほとりを行くと、俄《にわか》に道が暗くなった。福成寺《ふくじょうじ》の鬱蒼《うっそう》とした木立《こだち》が夜空の半《なか》ばを隠していた。

いやな闇だった。見通すことを拒《こば》む悪意でもあるようだった。

提灯の灯が照らす明かりの中を、軍兵衛はゆっくりと歩いた。

闇の奥で何かが動いた。地を這《は》うような僅《わず》かな気配だったが、何かが迫り来ようとしている。

軍兵衛は、刀の鯉口《こいぐち》を切り、提灯を左手に持ち替えた。

枝が鳴った。闇が頭上から降って来た。提灯を捨て、軍兵衛は真横に跳んだ。

背後からの突きが虚空《こくう》に流れた。提灯の灯を受け、刃が光った。真《ま》っ直《す》ぐだ。反《そ》りがない。

「何者だ？」軍兵衛が叫んだ。「そこらの辻斬《つじぎ》りには見えねえな。まさか、忍びって奴かい」

「…………」

黒装束《くろしょうぞく》が蝦蟇《がま》のように低く構えた。軍兵衛は刀を抜くと、黒装束目掛けて打ち下ろした。黒装束が脇に回った。その隙《すき》を突いて、走り出した。福成寺の木立を過ぎれば、月明かりもあれば、出合茶屋の灯も常夜灯もある。闇の中で黒装束の者と戦うよりはいい。

黒装束の足音が消えた。追って来ぬのか。

背後に気を遣《や》った。

途端《とたん》、左右の闇がふいに膨《ふく》らみ、黒装束の者が飛び出して来た。新手か。軍兵衛は地を転がり、左側の者の足を払った。軍兵衛の真上で左右の影が行き交った。右側の者の刀が、唸《うな》りを上げて脇を掠《かす》めた。軍兵衛の袖《そで》がぱくりと口を開けた。

三人もいやがるのかよ。

軍兵衛は、起き上がり、再び走った。

三つの影が迫って来る。軍兵衛は、更《さら》に走ると見せて振り向くと、右手に刀を、左手に十手を持って身構えた。

三つの影が、正面と左右に分かれた。まともに掛かって来られたら、躱《かわ》す術《すべ》はない。

どうする？

思い付いたのは、ただひとつ。突っ込むしかあるめえ。

刀を振り翳《かざ》した。その時だった。黒い影の後方から千吉の声が上がった。

「辻斬りだ」

続いて呼び子が鳴り響いた。呼び子とともに、足音が駆け寄って来た。

「人殺し」新六だった。

千吉と新六の脇を、新たな黒い影がすごい勢いで走り抜けた。佐平の走りではない。軍兵衛には、それが誰であるのか分からなかった。

三つの影が戸惑い、振り返っている。

呼び子が、更に音高く鳴った。

影に動揺が奔《はし》った。

軍兵衛は十手を持ち替えると、駆け寄りながら賊に向かって投げ付けた。

十手は弧を描いて、左端の影に向かって跳んだ。闇の中を飛んで来た十手を、影は慌てて躱《かわ》そうとしたが、遅かった。右手の甲に当たった。

影が得物《えもの》を落とした。右手を抱えている。十手は鉄の棒である。骨を砕《くだ》かぬまでも、手傷を負わせたことは間違いない。

軍兵衛が躍《おど》り掛かろうと走り出した時、千吉らを追い抜いた影が抜刀したのが見えた。影の顔が樹木の間を擦り抜けた月明かりの中に浮かんだ。柘植だった。

影のひとりが、声音《こわね》を抑えて命じた。

「引け」

三人が、木立の中に走り込んだ。

軍兵衛は、影が落とした得物を拾《ひろ》った。十手に似た作りの、先の尖《とが》った武器だった。柘植が駆けて来る。軍兵衛は拾った得物を後ろ手に持つと、背帯に差し、三人が消えた木立を見詰めた。

「逃げられたか」柘植が叫んだ。

「見ての通りだ」軍兵衛は答えてから訊いた。「どうして、ここに？」

「見回りだ」

「こんな刻限に見回りとは、妙じゃねえか」

「明屋敷は、江戸中にある。あちこち回っておれば、遅くなることもある」

柘植としては、扇屋から髱屋を見ていた、とは言えない。見張り所を明かすことになってしまう。

「そんな話を信じろってのか」

「旦那！」千吉が叫びながら駆け寄った。「ご無事で」

「ありがとよ。助かったぜ」

千吉は柘植に目礼をしてから言った。

「そいつはようございやした」

軍兵衛が、柘植と千吉を引き合わせた。

「明屋敷番……」

千吉が、下から掬《すく》い上げるようにして柘植を見た。

「夜道は気を付けた方がよろしかろう」

柘植はそう言い残すと、池之端の方へと去った。

「旦那ぁ」

新六が、軍兵衛の袖が切れていることに気が付いた。

「危なかった。ちいっとばかし観念したぜ」

「冗談じゃござんせんよ。旦那に怪我《けが》でもされたら、あっしどもは御新造《しん》さんや周一郎様に何と申し上げたらいいのか」

「済まねえ、済まねえ」

軍兵衛は、謝りついでに十手を探してくれと千吉と新六に言った。

「投げ付けてやったのだ。上手いこと右手に当たってくれた」

新六が直ぐに見付け出した。

軍兵衛は十手を背帯に差すのと引き替えに、影が落とした得物をふたりに見せた。

「こんなものを落としやがった」

十手の鉤《かぎ》の部分が、斜めに刺《とげ》のように出ており、先も鋭《するど》く尖っていた。

「十手のようでやすが、こんな形のは見たことがありやせん」千吉が言った。

「恐らく俺たちの十手とは、まったくの別もんだろうよ」

「それにしても、よく当たりやしたね」新六が言った。

「何を言いやがる。俺はな……」

通りを見遣った軍兵衛が、そう言えば、と千吉と新六に言った。

「奴ら、俺に何も投げなかったぜ」

「そうなんで？」

「こんな真っ暗闇の中で、三人に何か投げ付けられてみろ。俺なんざひとたまりもなかったはずなのによ」

「運が良かったんでやすよ、旦那は」新六が言った。

「そうとしか考えられねえでしょう」千吉が言った。

「そういうことにしておくか」

「そうでやすよ」

「分かった。だが、よく来てくれたな。何か用があったのか」と軍兵衛は、千吉らが追って来た訳を尋ねた。

「親分が、どうも胸騒ぎがするからって、急いで来てみたんで」

「虫の知らせってやつで」千吉が項《うなじ》に手を当てた。

「ひとつ、借りだな。こうなりゃ、験直《げんなお》しでもするか」

「いいえ、今夜は帰りやしょう。見張りは終わりにして、送らせていただきやす」

「仕方ねえ。そうするか」

見張り所に居残っている佐平を呼びに戻ることにした。

雲が切れ、月明かりが射《さ》した。道が白く見えた。


その頃——。

軍兵衛を襲った三つの影は、木立に囲まれた闇の中にいた。

三つの影は、望月十郎太、笠原吉右衛門、川尻市兵衛であった。

「《鉤の手》は落として来たのだな?」望月が訊いた。

十手に似た得物は《鉤の手》と言うらしい。

「はい」川尻が答えた。わざと落とす余裕がなかったのは誤算であったが、振り捨てて来たのだった。

「これで目先を変えられましょうか」笠原が言った。

「分からん。が、遣らぬよりはいいだろう」

町方が髷屋に見張り所を設けようとしているのを知った川尻が、小頭の望月に計り、襲うことを決めたのだった。

「組頭ですが」笠原が言った。「どうして、あそこにおられたのでしょう?」

「町方と手を組んだとか」川尻が右手の甲を押さえながら言った。

「組頭は、桜井が殺されたことをご存じなのでしょうか」笠原が言った。

「先走りするな。我らが分からぬように、向こうも存外《ぞんがい》分かっておらぬものだ」

「この辺りで、一時《いっとき》動かぬ方が」川尻が言った。

「今更、遅い。頼母を殺す前に止めるか、あるいは……」望月が、言葉を切った。

「自身番の時でございますか」

「そうだ。まさか、覚全様が罪科《つみとが》もない自身番の者を殺そうとは思いもせなんだ」望月は一旦《いったん》言葉を切ると、改めて口を開いた。「しかし、それもこれも、大の虫を生かすため。だからこそ、自身番の件以降も我々は続けて来たのだ。ここは、動揺してはならぬ。頼母のためにも、我らが企《くわだ》てを成就《じょうじゅ》させねばならぬのだ」

「分かりました。小頭、とことんやりましょう」笠原が言った。

「二度と迷いません」川尻が言った。

「市兵衛にしては珍しく弱腰であったが、手の骨が折れたのか」

「いいえ、折れてはおりません」川尻は手を振って見せた。

「そこから綻《ほころ》びが生じぬよう、平静を保つのだぞ」

「はい」

「小寺と阿久津が首を長くして帰りを待っているだろう。帰るぞ」

「では、ここで」笠原が言った。

「追って知らせる」望月が応えた。

三つの影が闇に消えた。

第六章　旗本《はたもと》屋敷

一

四月八日。昼四ツ（午前十時）。

鷲津軍兵衛は、千吉らを伴い鮫ケ橋の妹尾周次郎の屋敷を訪ねていた。

「忙しい男だな。今度は何だ？」

軍兵衛は襲われた時のことを話してから、影が落として行った十手《じって》に似た得物《えもの》を差し出した。

「これが何だか分かるか」

「殺しの道具のようだな」

棒の先と、途中から斜《なな》めに突き出している、十手の鉤《かぎ》に当たる部分を指の腹で擦《こす》っている。

「見たことは？」

「ない。が、使い方は分かる。斬《き》り掛かってみてくれ」

軍兵衛が脇差《わきざし》を抜いて斬り下ろした。周次郎は鉤になったところで受けると、軍兵衛の懐《ふところ》に飛び込むようにして腕を搦《から》め捕《と》った。

「味方がいたら、そいつに斬らせればいい」

「成程《なるほど》」

「忍びが考え出しそうなものだな」

「やはり、忍びか」

「剣の流派では、このようなものは使わぬだろう」周次郎は、手にしていた得物を軍兵衛に返すと、忍びなのか、と訊《き》いた。「追っているのは？」

「すべてが忍びに結び付くのだ」

「あれはどうなった？　溝川《どぶがわ》で死骸《しがい》が上がったと騒いでいた一件だ」

「まだ、調べている。それで襲われたのだ。この得物を持った奴どもにな」

「厄介《やっかい》そうだな」

「いや、相手の方が俺を厄介に思っているらしい」

「だから、襲われたのか」

「そんなところだ。帰るぞ」

「もう、か」

「俺は忙しい身なのだ。遊んでいる暇はない」軍兵衛は言葉とは裏腹に、周次郎に向かって頭を下げた。

「止めぬが、随分と以前に、唐辛子《とうがらし》を練り込んだ怖《おそ》ろしく辛い煎餅《せんべい》をもらったことがあったが、覚えているか」

『風刃の舞』の一件の時、自身番《じしんばん》で千吉らの帰りを待っていた軍兵衛に、店番《たなばん》が茶請《う》けとして出してくれたものだった。求めた場所も、はっきりと覚えている。

「女房殿が、また食したいと言っているのだが、どこで求めた？」

鮫ケ橋と谷町に挟まれた南寺町通りの煎餅屋だった。

「何だ、近くではないか。源三にでも買いに行かせよう」

「それでもよいし、後で誰かに届けさせようか」

「済まぬな」

「いつも世話になっているのは俺の方だからな」

「その心掛けを忘れぬようにな」

「何を言いやがる」

妹尾家を出た軍兵衛は、佐平に煎餅屋の場所を教え、妹尾家に持って行くように言った。

「俺たちは、見回りをしながら麹町十一丁目の自身番で待っている。お前が追い付いたところで昼飯にしようぜ」

同日。軍兵衛が妹尾家に向かって奉行所の大門を出た頃――。

隠密廻《おんみつまわ》り同心・武智要三郎は、茅町二丁目の名主《なぬし》・半左衛門《はんざえもん》の屋敷の玄関先にいた。

（俺を何だと心得ているのだ）

隠密廻りに調べを命ずることが出来るのは町奉行だけだった。たとえ年番方《ねんばんかた》であろうと、町奉行の許しなくしては、何も命ずることは出来ない。それが隠密廻りというものだった。ところが、

（あの臨時廻りは、こともあろうに易々《やすやす》と）

暇があったら、の一言で《山城屋》の懐具合を調べてくれ、と言い放ったではないか。俺に暇があるとでも思っているのか。言下《げんか》に断りたかったのだが、その

あまりに呆気《あっけ》ない物言いに、怒る気にもなれず、こうして調べに来てしまったのだ。

「御免」声が広い玄関に響いた。

名主は江戸市中に二百五十人いる。町奉行からの町触《まちぶれ》を地主らに伝えたり、人別帳《にんべつちょう》を作ることを専《もっぱ》らとした。町内の揉《も》め事を収めるのも名主の仕事のひとつで、玄関で裁いたことから、お玄関様とも呼ばれていた。それだけに玄関は、やたらと広い。

「御免」

再び案内《あない》を乞《こ》うと、家人なのだろう、気の利《き》きそうな若い者が現われ、式台に座った。

武智は、懐から町奉行自らが書き記した半切れを出して家人に見せた。そこには、名と隠密廻りであることが書かれていた。今で言う身分証明書である。

隠密廻りは町屋の者のような風体《ふうてい》をしていることが多く、時として調べに必要になるので、常に身分の証《あかし》となるものを携《たずさ》えていた。

「御役目ご苦労様にございます。只今《ただいま》、半左衛門を」

家人は手を叩《たた》いて、別の家人を呼ぶと、武智を座敷に通すよう指示し、己は奥へと急いだ。

間もなくして半左衛門と家人が、武智の待つ座敷に現われた。

「茅町二丁目の蠟燭問屋《ろうそくどんや》《山城屋》。そこを辞めた者の名と住まいを調べている。ここ四、五年 遡《さかのぼ》ったところまででよい。人別帳を改めさせてもらいたい」

「直《ただ》ちに取り揃《そろ》えますので、暫時《ざんじ》お待ちの程を」

「世話になる」

家人は武智に頭を下げると半左衛門に頷《うなず》いて見せ、座敷を出て行った。

遠くで複数の足音がした。蔵へ古い人別帳を取りに行っているのだろう。ひとつの足音が近付いて来た。茶が来るのだ。手順は、どこの名主の屋敷でも同じだった。

辞めた者は四人いた。うちひとりは病で亡くなっており、もうひとりは京に上っている。残るふたりは、江戸にいた。

ふたりはともに、小僧から手代になったところで辞めていた。ひとりは他のお店に勤めていたが、もうひとりは博打《ばくち》で身を持ち崩し、荒《すさ》んだ暮らしをしているらしい。近間《ちかま》にいたので、ふたりを順繰りに訪ねた。武智を前にして、ふたりが揃って口にしたのは、《山城屋》は然程《さほど》儲《もう》かっていない、ということだった。では《山城屋》は、ひとに貸す程の金をどこから手に入れたのか。

武智は酒臭い長屋を出ると、入谷《いりや》の鬼子母神《きしもじん》に抜けようとした。

水を張った田を吹き抜けて来る風が心地よかった。武智は太い息を吐いた。

静蓮寺《じょうれんじ》の森を背に、ひとが来た。持ち手の付いた木箱を手に、裁立袴《たつつけばかま》を穿《は》き、頭巾《ずきん》を被《かぶ》っている。医者らしく見受けられた。

医者風体の者が、軽く会釈《えしゃく》をした。釣られて武智も、会釈を返した。

武智の足許《あしもと》に射《さ》した影が、ふっ、と大きくなった。反射的に跳び退《すさ》った武智を追って、光るものが奔《はし》った。

躱《かわ》せるか。

思うより早く、武智の身体《からだ》が僅《わず》かに沈んだ。長い畳針様のものが胸に迫っていた。鑿《さく》である。

武智が鑿の穂先を摑《つか》んだ。相手が鑿を思い切り引き抜いた。武智の拳《こぶし》を抜け、鑿の切っ先が閃《ひらめ》いた。咄嗟《とっさ》に横に跳び退《の》こうとした武智の股《もも》を鑿が刺した。堪《たま》らず倒れた武智に、男が鑿を振り翳《かざ》した。

武智の首筋に脂汗《あぶらあせ》が伝った。男は目を剝《む》いて、武智を見た。鑿は過《あやま》たず、額《ひたい》に向かって来た。

そこに、

「どうしなすったかね？」声がした。

男の手の動きが止まった。

百姓だった。ふたり連れの百姓が通り掛かったのだ。手に鎌《かま》を持っている。

「助けてくれ。追剝《おいはぎ》だ」武智が叫んだ。驚いた百姓が、

「何するだぁ」鎌を振り上げて駆けて来た。

男が武智を見、百姓を見た。

百姓の鎌が、間近にあった。ちっ、と舌打ちして、男は身を翻《ひるがえ》した。

百姓が大声を上げた。近くの百姓家から屈強《くっきょう》な若い者が数名飛び出して来た。

「あっちだ」

武智の脇に駆け寄っていた百姓が、男の後ろ姿を指さした。三人の百姓が追い掛けたが、男の走る速度とは比べものにならなかった。見る間に小さくなり、静蓮寺の森の中に消えてしまった。

「ありゃ天狗《てんぐ》だ」

三人が口々に言い合っているところに、どうしたい？　声を掛けた者がいた。

その男の後ろに立っていたのは、髷《まげ》を小銀杏《こいちょう》に結い、着流しに三ツ紋付きの黒

羽織の男だった。八丁堀の同心である。

百姓らは、追剝が出てひとが刺されたことを話し、倒れている男の場所を教えた。

「旦那《だんな》」

「おう」

同心と御用聞きが駆け出し、手下らしい男が続いた。

臨時廻り同心の加曾利孫四郎と、霊岸島浜町の留松に手下の福次郎だった。

加曾利らは、自身番の一件とともに手掛けている盗賊・志太の玉造の隠れ家を探していたところであった。

「どこを刺された？」

町人の脇に屈《かが》み込んだ留松が、刺された男の顔を見て、驚いて加曾利を見上げた。

「旦那、こちらは……」

「武智さん」

加曾利は傷口を見ると、福次郎に怒鳴《どな》った。

「晒《さら》しを外せ」

福次郎は袷《あわせ》を脱ぐと、大慌《おおあわ》てで腹に巻いていた晒しを外し、加曾利に渡した。

加曾利は晒しを切り分けると、傷口に押し当て、きつく縛りながら、百姓に命じた。

「誰か戸板を外して持って来い。載せて御切手町《ごきってまち》の自身番に運ぶんだ。それと、この辺りに医者はいるか」

「山崎町《やまざきちょう》に松軒《しょうけん》先生がおられますが」百姓のひとりが答えた。

「自身番まで連れて来てくれ」

百姓らが二手に分かれた。

「誰にやられた？」加曾利が武智に訊いた。

「医者のような姿をしていた」

「教えてくれ。何でやられた？」

「分からぬ……」

「いや、俺が訊いているのは、やられた理由《わけ》ではなく、どんな得物でやられたかってことだ」

「………」武智は一瞬考えてから、畳針を長くしたようなものだ、と言った。

「細く尖《とが》っていた。どうしてだ？」

「例の自身番の一件とも、軍兵衛が追っている一件とも、同じなんだよ、傷口が。どんな奴だ。詳しく話してくれ」

「頭巾を被っており、髪は剃《そ》っているように見えた」

「医者か坊主ってことだな」

「多分な」

「大助かりだぜ。上手《うま》いこと急所は外れているし、よく躱したな」

「私は、無念流《むねんりゅう》の目録《もくろく》だ」

「冗談はいい。もう黙っていろ」

加曾利は立ち上がると、戸板を抱えて駆けて来る百姓衆に手招きをした。

「臨時廻り……」武智が呻《うめ》いた。「私は、冗談は言わぬ」


同日。昼八ツ（午後二時）。

奉行所に戻った鷲津軍兵衛は、臨時廻り同心の詰所に入り、お調書《しらべがき》に書き込みをしていた。

「よろしいでしょうか」

廊下から声を掛けて来たのは、例繰方《れいくりかた》同心の宮脇信左衛門《みやわきしんざえもん》だった。

「用か」

「他に何かありますか」

「ねえな」

「聞きましたよ。鮫ケ橋のお調書ですが、一度島村様に渡してから、持ち帰ってしまったそうじゃないですか。いつも申し上げているように、途中で御奉行からのお尋ねとかございますので、適度に纏《まと》めて提出していただきたいのです」

「今、書き足しているところだ」

「それは重畳《ちょうじょう》でございます」

「何が、重畳だ」

「加曾利さんも催促しても出してくれないし、おふたりには手を焼きます」

「あいつはずぼらだが、俺は違う。どうしても分からねえことがあってな、それが引っ掛かっていたのだが、後に回すことにした」

「何です？」

「畳針のようなもので刺されて死んでいたのだが……」

軍兵衛が話し始めたところで、玄関口で荒い声が飛び交《か》った。廊下を走る音もする。

奉行所では廊下を走ることは禁じられている。唯一の例外は、深傷《ふかで》を負った者が担《かつ》ぎ込まれた時だった。

「信左、行くぞ」飛び出した廊下に、加曾利がいた。羽織《はおり》の其処彼処《そこかしこ》に血が付いている。

「武智さんが襲われた。命は無事だ」

「誰にやられた？」

「分からん。《山城屋》のことで、何か頼んだそうだな。その件を調べていた時のことだそうだ」

「どこにいる？」

武智の許《もと》に走ろうとする軍兵衛を加曾利が止めた。

「武智さんの傷は大丈夫だ。それよりも、話がある」

「何だ？」

「刺した得物だが、またもや畳針のようなものだ。明屋敷番《あけやしきばん》の桜井、自身番の者ら、そして武智さん。皆、畳針のようなもので刺されている。こいつは、間違いなく同じ者の仕業《しわざ》だぞ」

「畳針のようなものなのですか」宮脇がふたりに訊いた。

「畳針そのものではないぞ。のようなもの、だ」軍兵衛が言った。

「武智さんは刺された時に穂先を摑んだそうだ。畳針よりも丈《たけ》が異様に長かった、と話していた」

「ちょっと失礼」

宮脇がふたりの間に割って入り、おふたりとも、と言って胸を張った。

「だから、いつも言ってるでしょう。早くお調書を回して下さい、と」

「それどころじゃねえんだ」と言ってから、軍兵衛が訊いた。「どういう意味だ？」

「恐らく、それは鏨だと思います」

「鏨って、何だ？」

「伊賀の忍びの者が使っていたもので、別名は探鉄《さぐりがね》。刺し殺すのにも使います」

軍兵衛は加曾利と顔を見合わせてから、言った。

「どうして、そんなことを知っているんだ？」

「そのように訊かれても困りますが、私は変わった得物が大好きなものですから、いろいろ調べてあるのです」

「知らなかった……」加曾利が言った。

「俺も知らなかった」軍兵衛は唸《うな》ると、背帯に差していた十手に似た鉤付きの武器を宮脇に見せた。

「これは、分かるか」

宮脇が答えるよりも先に、加曾利が訊いた。

「どこで手に入れた？」

夜陰に紛れて襲われたことを話した。

「その時に落として行ったのだ」

「実に興味深い拵《こしら》えですね。ですが、これは分かりません。伊賀と甲賀のものなら大概《たいがい》知っておりますから、これはそれ以外の忍びのものではないでしょうか」

「分かった。まあ、いい。忘れてくれ」その代わり、と言って軍兵衛は懐紙《かいし》を取り出すと、宮脇に渡した。「鑿の絵を描いてくれ」

「とんでもないことです。私には、絵心はありません」

「無くても、描け」

軍兵衛は宮脇を詰所に引き摺《ず》り込むと、文机《ふづくえ》の前に座らせた。宮脇は筆の先を嘗《な》め、渋々《しぶしぶ》懐紙に絵を描き始めた。軍兵衛が筆の動きを見ながら訊いた。

「鶴《つる》、か」

「何で鶴なんです、これが」

「だったら、これは何だ」

「鑿です」

「こうなのか。首がにょろりと曲がっているのか」

「真っ直《ます》ぐですよ」

「真っ直ぐには見えねえぞ。なあ？」軍兵衛が加曾利に訊いた。

「見えねえ」加曾利が答えた。

「そう言われても仕方がないでしょ。見たことがないのですから」

「ないのか」軍兵衛と加曾利が同時に訊いた。

「文字で読んだだけです」

「俺は、お前がよく分からん」

「私だって、鷲津さんのことはよく分かりません」

「張り合うな」

「はい」

「だが、ひとつ分かった。ありがとよ。お前はすごい奴だ」

「出来たら、それを先に言って下さい」

「そうしよう」

宮脇は、得意げに鼻をうごめかしていたが、

「武智さんは何を調べておいでだったのですか」

「おう、それよ。俺が頼んでいたことを調べに行ってくれていたらしい。信左、悪いが、武智さんの様子を見て、話を聞いておいてくれ。出来れば、お調書に纏めてくれると、尚《なお》、いい」

「調子がいいですね」

「お前を信用してるから頼むのさ」

宮脇は胸を反《そ》らした。

「これからは何でも訊いて下さい」但《ただ》し、と言って宮脇は懐紙を丸めた。「絵だけはご勘弁《かんべん》下さい」

二

四月九日。五ツ半（午前九時）。

鷲津軍兵衛は、いつものように小網町の千吉らを引き連れ、東仲町《ひがしなかちょう》と雷門の

間の広小路を横切り、田原町《たわらまち》三丁目を北に向かっていた。その先に蛇骨の清右衛門が女房に仕切らせている料理茶屋《松月亭《しょうげつてい》》があった。

蛇骨の清右衛門は、小石川、谷中《やなか》、浅草を中心とした香具師《やし》の元締で、江戸の闇《やみ》を牛耳《ぎゅうじ》るひとりなのだが、軍兵衛とはどこか馬が合っていた。

《松月亭》の檜皮葺門《ひわだぶきもん》を潜《くぐ》り、玄関へと進んだ。屋号を染め抜いた半纏《はんてん》を着た男衆が玄関前に現われ、軍兵衛らを出迎えた。ひとりが奥へと駆けている。

「また来たぜ」軍兵衛が言った。

「これはこれは」式台に膝《ひざ》を突き、小頭の得治が丁寧に頭を下げた。

「戻った頃だと思って来たんだが、元締は？」

「申し訳ございません」得治が声音を曇らせた。「まだ、向こうに……」

「そうかい……」

思わず天を仰《あお》いだ軍兵衛に、得治が訊いた。

「出過ぎたことを伺いますが、もしかして、お探し物で？」

「みっともねえ話だが、その通りだ」

「実を申しますと、あれから直《す》ぐ箱根に、旦那がお見えになったことを書き送りましたところ、元締から返事がございました。何か失せ物の御用でお急ぎならば、根津三《ねづみ》に回せ、とのことでございますが、いかがいたしましょう？」

根津三は、根津《ねづ》の三津次郎《みつじろう》の通称で、蛇骨の清右衛門の子分だった。

「済まねえが、そうさせてもらおうか」

「承知いたしました。これから、行かれますか」

「いいのかい？」

「そのように、伝えてあります」

「何でもお見通しだな。怖いぜ」

得治は小さく笑うと、男衆を呼んだ。

「浩太《こうた》は根津三の親分の家に行き、鷲津の旦那が向かっていると知らせろ。完吉《かんきち》は、鷲津の旦那と小網町の親分さん方を案内して差し上げろ。分かったな」

浩太が《松月亭》をすっ飛び出して行った。

その後を追うようにして、軍兵衛らも《松月亭》を出た。

根津三の親分の家は、根津権現の門前町にあった。表の稼業《かぎよう》は、参拝客相手の飯屋を営《いとな》んでいた。

軍兵衛らの姿に気付いた浩太が、店の中に声を掛けている。暖簾《のれん》を分けて、平《へい》三郎《ざぶろう》が現われ、会釈をした。

平三郎には、盗賊・笹間渡《ささまど》の吉造《きちぞう》の子分、天神《てんじん》の富五郎《とみごろう》の塒《ねぐら》を見付けてもらったことがあった。

「ご無沙汰《ぶさた》しております」

「元気そうで何よりだ」

「親分がお待ちでございます」

「また世話になるぜ」

「とんでもないことでございます」

見世を抜け、奥に行くと、三津次郎が待っていた。

軍兵衛は早速、懐から前田家の家紋入りの文箱《ふばこ》の特徴を記し、絵を添えた半切れを取り出し、三津次郎に渡した。

「これだけ目立つと、表からでは探せねえんだ。済まねえが、裏から当たってくれねえか」

「お急ぎで」

「早いに越したことはねえ」

「これは」と三津次郎が半切れを目で指した。「お預かりしても？」

「構わねえ」

「お預かりいたします」

三津次郎は振り向くと平三郎に、手配するように、と言った。

「俺では役に立たないとなったら、名折れだからな。探せ。逆らう奴は、二、三人なら殺してもいいぞ」

「おいおい、二、三人は、困るぜ」軍兵衛が言った。

「では、ひとりかふたり、なら？」

「穏やかに、だ。頼むぜ」

「穏やかに、だそうだ。意味は分かるな？」三津次郎が平三郎に言った。平三郎が頷いた。

平三郎と弟分の駒吉《こまきち》に送られて、根津を後にした。

「送る序《つい》でに、どこへ行くんだ？」

「それは旦那にだって言えやせん。ご勘弁を」

「おっかないところなのか」

「町方《まちかた》だとばれたら、間違いなく殺されるでしょうね。殺されたら、死骸も出ないところでございます」

千吉らが眉《まゆ》を微《かす》かに上げた。

「近付かねえから安心しろ」軍兵衛が答えた。

「それがよろしいかと……」

「これから」と軍兵衛が、通りを見回しながら言った。「虎之御門の近くまで行くんだが、手土産が要《い》るんだ。途中に何か気の利いたものはねえか」

「牛込御門外をお通りになりますか」

「そのつもりだが」

「でしたら、牡丹《ぼたん》屋敷に《池田屋《いけだや》》という菓子屋がございます。甘く炊いた栗《くり》を餡《あん》で包んだもので、滅法《めっぽう》美味《うま》いという評判でございます。それならば、手土産としては上の上だと思いますが」

「根津三の親分も好きなのかい？」

「親分は甘いものは不調法《ぶちょうほう》で」

「そうかい、ありがとよ」

「御免なすって」

平三郎は駒吉を促すと、吉原《よしわら》の方へと曲がって行った。

同日。九ツ半（午後一時）。

鷲津軍兵衛らは、溜池《ためいけ》の東端にある馬場の前を通り、葵坂《あおいざか》を虎之御門の方へと下っていた。下り切った十間四方を葵ケ岡《あおいがおか》と言い、辻番所《つじばんしょ》がある。火附盗賊《ひつけとうぞく》改方《あらためかた》の役宅は、その先にあった。

「旦那、前以《まえもつ》てお知らせしなくてもよろしいんでしょうか」

火附盗賊改方長官の松田善左衛門《まつだぜんざえもん》は、家禄一千二百石の殿様である。伺いを立ててからの訪問でなければ、礼を失するとして、門前払いをされても文句は言えない身分であった。

「よろしかねえが、よろしいんだ。そこが、あの御殿様の偉いところなのよ」

軍兵衛は、細かなことは歯牙《しが》にも掛けない、松田の世故《せこ》に長《た》けた人柄を熟知していた。

門番がいた。見たことのない顔だった。新顔であるらしい。

軍兵衛は名乗り、長官《おかしら》にお会いしたい旨《むね》を述《の》べた。

門番は、軍兵衛と千吉らを見回してから、裏の詰所に伺いを立てた。

詰所にいた別の門番が出て来て、軍兵衛らを見た。その門番には見覚えがあった。

千吉らを控所に残し、門番に導かれて玄関に行くと、同心の土屋藤治郎《つちやとうじろう》が現われた。藤治郎は、盗賊の捕縛に組んで出たこともある馴染《なじみ》だった。

軍兵衛は藤治郎に来意を告げ、手土産を渡した。長官の返答を訊いて来るから、座敷に上がって待つように、と藤治郎に言われたが、玄関で待つことにした。

何と言っても相手は火附盗賊改方の長官である。多忙であることは、容易に察せられた。長く待つのならば、出直した方がよい。

しかし、待つ間もなく中奥の座敷に通された。藤治郎が松田と軍兵衛の脇正面に控えた。

「忙しいからと断ろうかとも思ったんだが、《池田屋》の菓子に負けた。儂《わし》はあれに目がなくてな。酒も好きだが、甘みが無《の》うては、世の中、つまらん。礼を言うぞ」ところで、と松田は、どこまでも捌《さば》けた物言いをした。「他に持って来たのは、何か、いい話か」

「大名屋敷が盗っ人に狙《ねら》われていると聞きましたが」

「前田侯が届けを出したそうだな。何やら、見付けてくれと」

「はい」

「噂《うわさ》では大名屋敷が四家、旗本屋敷が二家、まんまと入られたそうな。勿論《もちろん》、儂の方への風当たりも強くなっておる」

「そこで罷《まか》り越したのですが、どこからか、盗賊に盗まれた、調べてくれ、というような話が来ておりませんでしょうか」

「さる旗本家から来ている」

「その旗本家とは？」

「鶯津殿」藤治郎が諫《いさ》めた。

松田は藤治郎を手で制すと、高橋《たかはし》家だ、と言った。

「高橋因幡守清隆《いなばのかみきよたか》。前《さき》の長崎奉行だ。儂も満更《まんざら》知らぬでもない御方でな。何でも、家紋入りの懐剣を盗まれたらしい」

高橋因幡守の屋敷は、愛宕下の大名小路が尽き、桜川を挟んで芝増上寺《ぞうじょうじ》の学寮となる辺りにあった。

「調べに行きたいのですが」軍兵衛が切り出した。

「何を調べたい？」

「どうやって入ったか、です」

「高橋家の者が散々《さんざん》調べたが、見当《けんとう》も付かなかったそうだ」

「その見当を付けようという訳です」

「旗本屋敷だ。町方を嫌がる」

「そこを、火盗改のご威光で何とか」

「其《そ》の方ひとりならな。手先の者までは無理だが、それでもよいか」

「よろしいのですか」藤治郎が松田に訊いた。

「断ってみろ。夜中にこっそり忍び込まぬとも限らぬであろうが」

「やるのですか」藤治郎が軍兵衛に訊いた。

「私はやりませんが、元盗っ人の尻を叩いて調べさせるかもしれません」

答えながら、その手があったか、と思ったが、生憎手駒《あいにくてごま》がいなかった。蛇骨の顔が浮かんだが、下手をすると蛇骨を獄門台に送ることになってしまうだろう。とても使える手ではなかった。

「そういう奴よ」松田は軍兵衛を見据えると、其の方ひとりだぞ、と言った。

「よいな?」

「結構です」

手先を使って天井裏を調べようと思っていた軍兵衛は、俺が上るのか、といささか目の前が暗くなっていたが、ここで引き下がる訳にはいかなかった。

「しかし」と松田が、顎《あご》を擦《さす》りながら言った。「ひとりというのも寂しいか。丁度よい。もうひとり連れて行こう。その者からも似たようなことを頼まれていたのだ」

「差し支えなければ、どなたか教えていただく訳には?」軍兵衛が訊いた。

「隠すこともなかろう。明屋敷番の組頭だ」

「もしや、柘植、石刀……」

「柘植を知っておるのか?」

『寒《かん》の辻《つじ》』の一件の時、奉行所に詰問《きつもん》に来たのだ、と話した。

「骨のある男であったろう?」

「いささか、嚙《か》み応《ごた》えがあり過ぎます」

「以前《まえ》に、探索の手助けをしてもろうたことがあってな。それ以来の仲だ。此度《こたび》の一件について、何か摑んでいるらしい。内密に調べたいと言うて、儂に頭を下げて来た」

「奉行所《うち》にも来ましたよ」

「さぞかし、睨《にら》み合ったことであろうな」松田は気持ちよさそうに笑うと、丁度よいではないか、と言った。「揃《そろ》って行くとしよう。明日五ツ半(午前九時)に、ここに来ておれ」

「御自ら、お出張《でば》り下さるのですか。それも、明日？」

「明日しか動けぬのだ。儂はそんなに暇ではない」松田は軍兵衛に言うと、藤治郎に命じた。「明屋敷番の番所に行き、柘植に伝えて参れ。高橋因幡には、明日伺うと丁重《ていちょう》にな」

三

四月十日。

旗本・高橋因幡守の屋敷は、火盗改の役宅から十町（約一千九十メートル）。歩くのに程よい距離であった。

軍兵衛は土屋藤治郎と並んで先頭に立ち、松田善左衛門と柘植石刀が続き、小網町の千吉らが最後尾に付いた。松田は草履取りすら連れていなかった。

「人数は、これだけですか？」藤治郎に訊いた。

「高橋家にも体面というものがありますからな。騒ぎ立ててはならぬのです」

千吉らは屋敷内に入れぬから、総勢は四人となる。やはり、俺が上るのか。天井裏は好みではなかった。

旗本屋敷に着いた。

表門に門番とともに家士が、出迎えのために立っていた。

家士は、用人《ようにん》の大貫守介《おおぬきもりすけ》だと名乗った。

大貫の名乗りを受け、軍兵衛と柘植が同じように役目と名を告げた。不浄役人と下級御家人の組み合わせに、大貫は僅かに眉を顰《ひそ》めたが、何も言わなかった。軍兵衛は支配違いを盾《たて》に追い返されるのも覚悟していたが、そこは火附盗賊改方長官の威光のお蔭《かげ》で事無《ことな》きを得たようだった。

藤治郎を含めた四人は、応接の間に通された。大貫が改めて言った。

「本日、主・因幡守は登城いたしており、お会いすること適《かな》いませぬが、何でもお答えするようにと申し付かっております。遠慮なくお尋ね下さい」

松田が、訊けとばかりに、軍兵衛と柘植に手で促した。

「盗まれた金子《きんす》ですが、如何程《いかほど》になりましょうか」軍兵衛が訊いた。

「八十両です」

「他には？」

「研師《とぎし》から戻って来たばかりの家紋入りの懐剣が一振り、盗まれました」

当代の生母が先々代から賜《たまわ》った品だという。

「左様《さよう》でしたか」

「金子は諦《あきら》めるしかないのかもしれませぬが、懐剣は何としても取り戻さねばならぬのです」大貫が縋《すが》るような眼差《まなざ》しを松田に向けた。

「お品と金子を置いてあった座敷を、見せていただけますか」柘植が訊いた。

「こちらへ」

最初に案内されたのは、勘定方《かんじょうかた》の部屋だった。金子は棚に置いてある木箱に入れてあった。木箱を見ると、蓋《ふた》に《拝借御免》と走り書きされていた。

「殆《ほと》どは節季《せっき》払いにしているのですが、そうとばかりも参りませんので、そのための金子を狙われました」

他家の場合も同様だったのだろう。次いで、ふたつ隣の部屋に回った。用人の控えの間で、そこに戻ったばかりの懐剣を、取り敢《あ》えず置いておいたらしい。

「我らの失態でございました」

「龕灯《がんどう》をお貸しいただけますか」柘植が大貫に言った。

「手配させましょう」大貫は板廊下に出ると、配下の者を呼び、龕灯を用意するよう言い付けた。

「上るのですか」軍兵衛が柘植に訊いた。

「いや、潜《もぐ》るのだ」柘植が答えた。

「床下ですか」

「手伝うか、待っているか、どっちだ？」

「勿論、手伝いましょう」

「……そうか」

庭に回った。龕灯が運ばれて来た。

柘植と軍兵衛は、それを手にすると、床下に潜った。松田と藤治郎と大貫が、腰を屈《かが》めて見ている。

柘植は、背を丸めて屈み込むと、迷いもなく進んで行く。軍兵衛は頭を根太《ねだ》にぶつけぬよう、手を翳《かざ》して柘植に続いた。

武家屋敷の床下は、太い格子《こうし》が張り巡らされ、勝手に動き回ることが出来ないようになっている。主や継嗣《けいし》を暗殺から守るためである。

その格子の前で、柘植が動きを止めた。

「何かあったのですか」

近付こうとした軍兵衛を、柘植が止めた。

柘植は龕灯の灯を当て、床土を見ている。微かに凹《へこ》んでいた。

「足跡ですか」

「……そうだ」

「足跡にしては、重さが掛かってないですな」目立つような凹みではなかった。

女子供でも、もう少し凹むはずだった。

「そのように歩く術《すべ》を、身に付けている者の仕業だ」

「………」

柘植は、更に格子を調べている。が、まだ暗いらしい。

「そなたの明かりも、ここへ」

軍兵衛が龕灯を寄せた。柘植は凝《じ》っと見詰めている。

「どうしました？」

「分かったか」

「さっぱり分からねえ」

「ならば、それでよい」

「その言《い》い草《ぐさ》はねえでしょう」

軍兵衛は、柘植の見ていた格子を、ぐいと押した。

途端《とたん》、コクンと音がして、格子が外れた。折れたのではない。外れたのだ。

「どうなっているんだ？」

「端《はな》から外れるようになっているのだ」

「忍び込めるようにか。ひょっとして、それが明屋敷番の裏の御役目なのか」

「万一にも、この屋敷に住まう者が徳川家に弓引こうとした場合に備えてのことだ。直ぐに調べに入れるよう、格子に仕掛けが施《ほどこ》されているのだ」

「そんな話、聞いたことがねえぞ」

「細工を記した絵図面がある」

「それを見られるのか。明屋敷番なら誰でも」

「組頭は、な。組下の者は、組頭とともにならば、見ることが許されている」

「知らなかったぜ」

「儂らが、上に御老中を頂く御留守居役の支配であるのは、単に空《から》の屋敷の番人をしているからではない、ということだ」

「成程な。明屋敷番がこの一件に加担しているかどうか、組頭自ら調べに来たって訳か。だが、それだけ屋敷のからくりを知っているのなら、何もわざわざ火盗改に頼まなくてもいいじゃねえか。ひとりで夜中に忍び込んで調べれば。俺は、てっきり天井裏から入ったとばかり思っていたぜ」

「天井裏にしろ、床下にしろ、調べるとなれば、夜では駄目だ。夜目が利くと言っても限りがある。これだけの」と言って龕灯を格子に寄せた。「明かりでなくては、確かなところは分からぬ。それに、夜、もし姿を見られてみろ。言い訳出来ぬではないか」

「床下まで付いて来た俺は、えらく邪魔者だったのだな」

「まあ、そうだ。どこまでもしつこい奴だ」

「何ゆえ俺に話した？」

「話さなければ、いつまでもほじくり返すのであろう。もぐらのように」

「そうだ」

「松田様に話すか」

「さて、どうするかな」

軍兵衛は、くるりと柘植に背を向けると、松田らの待つ庭へと向かった。床下を出、背を伸ばしたところで、背帯に差していた鉤の付いた武器の切っ先が腰の肉を刺した。

「どうであった？」松田が訊いた。

「私にはよく分かりませんでした。柘植殿は？」軍兵衛が尋ねた。

柘植は袴《はかま》の裾《すそ》を払うと、忍びくずれで、と言った。

「床下から忍び込むのを得手《えて》とする家《や》の者が、江戸に向かったと耳にしたばかりなので、もしや夜盗になったかと案じていたのですが、違ったようです。その者が入ると、床下に熊《くま》の爪痕《つめあと》のような跡を残すのが常なのですが、ありませんでした。となると、某《それがし》には分かりません」

ぬけぬけと吐《ぬ》かすもんじゃねえか。軍兵衛は素知らぬ風を装った。

「そうか。其の方らでも分からぬか」松田が軍兵衛と柘植の目を交互に見ながら言った。

大貫が肩を落としている。

大貫を促すようにして松田が表へと足を向けた。ふたりに続いて庭から離れようとした柘植を、軍兵衛が呼び止めた。皆の足が止まった。

「これを見てもらえますかな？」

軍兵衛は、背から鉤の付いた武器を取り出した。

「物知りに見せたところ、伊賀のものではない、という話だったのだが」

柘植は手に取り、重さを量ると、

「風魔のものと思われる」と言った。

「風魔？」軍兵衛が訊いた。

「どこで、手に入れた？」逆に柘植が軍兵衛に訊いた。

「この間、襲われた時だ」

松田と藤治郎は、黙ってふたりの遣《や》り取りを聞いている。

「隠していたのか」

「奴らが逃げた後に落ちていたのを拾ったのだ」答えてから、尋ねた。「まだ風魔の生き残りがいるってことなのか？」

「いや、目眩《めくら》ましであろう」柘植は軍兵衛だけに聞こえるように呟《つぶや》いた。「小細工をしてくれたようだ」

「ひとつ教えよう。あの時、三人のうちのひとりに十手を投げ付けた。右手の甲に当たった。骨が砕けたかまでは分からねえが、少なくとも手傷は負ってるはずだぜ」

「そうか……」

番所に出仕している者に怪我人《けがにん》が出た、という報告は受けていない。隠しているのかもしれなかった。明日にでも、明屋敷に詰めている者も含め、すべての者を調べてみねばなるまい。

「よく話してくれた。礼を申す」

「礼を言うなら、教えてくれ。鑿という得物を知っているか」

「存じておる……」

「同心が襲われて刺された。襲った者は医者に化けていたそうだ。髪を剃っていたという話だから、医者か坊主ってところだが、心当たりは？」

「ない」栢植が答えた。

「そうかい」軍兵衛が言った。


栢植は、児玉と牧田が詰めている見張り所に回り、旗本・高橋家の床下で見たことと、鷲津軍兵衛が賊のひとりに手傷を負わせたことを話した。

「我らが第一になすべきは、右手の甲を怪我している者を、明屋敷番の中から探し出すこととなった。《山城屋》の見張りは一旦《いったん》解き、全力を挙げて探索に掛かる」

「手順は、いかがいたしましょう？」児玉が訊いた。

日は中天《ちゆうてん》を回り、傾き始めている。明屋敷に詰めず、見回りを役目としている者は夕七ツ（午後四時）前後には番所に戻って来る。この好機を逃す手はない。

「まずは番所に戻り、帰って来る者の右手に目を配れ。明日からは、儂と其の方らの二手に分かれ、詰め番の者をひとりひとり当たることにする。先《ま》ずは、我が組下からだ。それでよいな」

「我らも各々《おのおの》分かれて回ります。さすれば、その分早く調べが付くと存じますが」牧田が言った。

「それは避けたい。ひとつの屋敷に詰めているのがふたり。そのふたりが結託《けったく》していないとも限らない。下手《へた》をすれば、桜井の二の舞だ。ここはふたりで組んで回れ。慎重にな」

「……そのようにいたしましょう」

「儂は、扇屋に暫《しばら》く見張りを解く旨、話しておく。至急片付けて、下りて参れ」

　柘植が階段口へと消えた。児玉と牧田は、刀と水飲み用の竹筒を手にすると、柘植を追った。

　この日、番所に出入りした者の中には、右手に手傷を負った者は見当たらなかった。

「明朝、出仕するところを再度調べた後、二手に分かれるぞ」

もし襲われて殺されたとしても、二手に分かれたもう一方に分かるよう、互いの回る順路を確認し、組屋敷に戻った。

翌十一日。

詰め番の慰労《いろう》を口実とした明屋敷回りが始まった。

昼を過ぎた頃、柘植は神田川沿いの道を浅草御門方向に向かっていた。そちらには明屋敷が三つあった。柘植が足を速め掛けた時、己の名を呼ぶ微かな声に気が付いた。柘植が振り返ると、児玉と牧田が張り詰めた表情で追って来るのが見えた。

「何とした？　いたのか」

児玉が、頷いた。

「必死に隠していましたが、あれは打ち身に相違ありません」

「誰だ、名を言え」

「川尻、川尻市兵衛でございます。阿久津徳三郎と組み、元土井家の明屋敷に詰めております」

「川尻、だと……」

桜井が川尻の動きを不審に思い、後を尾けたことがあった。

(その時、川尻は、西念寺に行った……)

伊賀者が菩提寺《ぼだいじ》である西念寺を詣《もう》でる。何の不思議があろうか、と儂は気にもせなんだが、桜井は得心していなかったのかもしれない。

(あれには、意味があったのか……)

鷲津軍兵衛が、同心が鑿で刺されたと言っていた。襲ったのは、医師か坊主らしい、とも。

横田左兵衛の通夜を思い起こした。雨の中、読経《どきょう》に現われた覚全の表情は、尋《じん》常《じょう》ではなかった。

「成程……」柘植は言葉に出して呟いた。

「川尻は一味のひとりなのでしょうか」児玉が言った。

「即刻、捕え、吐かせましょう」牧田が言った。

「捕えたとして、どこで問い質《ただ》すのだ。番所という訳にはいかぬぞ」児玉が牧田に食《や》って掛かっている。

「止めい」

柘植が、辺りを見回した。町屋の者が口論をしている児玉と牧田らを避けて、遠回りをして通り過ぎて行く。

「申し訳……」児玉と牧田が口を揃えた。

「黙れ」柘植が、声を押し殺して言った。「聞かれておるぞ」

通りすがりの者の視線ではない。己らを凝っと注視する者の気配が確かにした。それが、ふっと解けて、消えた。

児玉と牧田が左右に数歩走り、川筋の道を見渡したが、それらしい者の姿はどこにもなかった。

「番所に帰るぞ。後は、儂に任せい」


翌十二日。六ツ半（午前七時）。

八丁堀の組屋敷を訪ねる者がいた。柘植石刀である。

柘植は、鷲津軍兵衛の家の木戸門を押すと、中に入り、案内を乞《こ》うた。

「どちら様でございましょうか」

声に覚えがあった。奉行所の応接の間の外で、前田家の者と話していた軍兵衛の息《そく》の声であった。柘植は名乗ると、火急の用で、父上にお会いしたい、と周一郎に告げた。

玄関が開いた。周一郎が迎え入れ、待つようにと言った。

「朝早くに申し訳ない、とお伝え下さい」

「承りました」

周一郎が廊下奥へ消えた。

奥から幼女のたどたどしい言葉が聞こえて来た。

あのように幼い娘がいるのか……。

聞き入っていた柘植の耳に、重い足音が俄《にわか》に届いた。

「いかがされた?」

軍兵衛の腰を見た。脇差すら差していない、無腰だった。もし、伊賀者の秘密を守るために、と殺しに掛かったとしたら、何とする気なのだ。

「この一件の片を付ける」柘植は思いを隠し、淡々とした口調で言った。「手伝ってくれぬか。組頭の寄合があってな、儂が始末を一任されたのだ」

「組下の者を使えば、よろしいのではないのかな」

「同じ組屋敷で生まれ育った者たちだ。殺し合いはさせたくない」

「……俺ならいいのか」

「そうだ。それに、事の顚末《てんまつ》を見せておいた方がよさそうな気がするのでな」

「承知した。どこへ行けばいい」

「組屋敷まで出向いてもらいたい」柘植が刻限を言った。

第七章　仕置《しおき》

一

四月十二日。朝五ツ（午前八時）。

出仕《しゅつし》した鷲津軍兵衛は、明屋敷番《あけやしきばん》の組屋敷に行く、と加曾利孫四郎に告げ、奉行所を後にした。小網町の千吉と手下の新六、佐平、そして中間《ちゅうげん》の春助は組屋敷の近くまで供をさせたが、

「必要があれば、誰か寄越《よこ》す。それまで待っていろ」

と組屋敷の木戸を通る前に、蕎麦《そば》屋の二階に留め置いた。

柘植石刀は出仕すると、番所の者を集め、桜井頼母が既にこの世の者ではないことを告げた。騒然《そうぜん》とする一同を、うろたえるな、と一喝《いっかつ》し、柘植は言った。

「この件について、町方《まちかた》の同心を、本日組屋敷に招いた。内密の話を道場でいたすゆえ、誰も来るでないぞ。詳しいことは、お主らにも追って伝える」

児玉と牧田にも、構《かま》えて近付かぬよう厳命し、柘植は組屋敷へ帰った。

柘植には確信があった。来る。川尻らは必ずやって来る。

(その時が勝負だ)

柘植は訪れて来た軍兵衛を、組屋敷の奥にある道場に導いた。組屋敷に住まう者たちの鍛錬《たんれん》のために作られたものである。小ぶりだが、板床は磨き込まれており、鍛錬の跡が窺《うかが》えた。

隣接する寺地の藪《やぶ》に囲まれており、襲うには、これ程立地のよいところは他にないだろう。昼でも、藪を掻《か》き分けて近付く者は滅多にない。

柘植が酒徳利《とつくり》と湯飲みをふたつ手にして奥に座り、刀を背後に置いた。軍兵衛も柘植に倣《なら》って刀を置くと、一間(約一・八メートル)の間合を取って、向かいに腰を下ろした。

柘植が徳利の酒を注《つ》ぎ、手を伸ばして板床に置いた。軍兵衛も手を伸ばして、湯飲みを取った。徳利がふたりの間に置かれた。

ふたりは湯飲みを持つ手を僅《わず》かに上げ、目を見詰め合い、酒を飲んだ。

「いい酒ですな」

「無理をしたのだ」柘植が歯を覗《のぞ》かせた。

「それは、申し訳ない」

「何の、たまにはよいであろう」

「柘植殿は独り身か」軍兵衛が訊《き》いた。

柘植からは世帯を持っている匂《にお》いが感じられない。

「いや」と言い、言葉を足した。「柘植の家を絶やすことは、出来ぬでな」

柘植は、思い出したように訊いた。

「鷲津殿のところで、随分《ずいぶん》と幼い声を聞いたが」

「下の娘だ」

「可愛《かわい》いでしょうな」

「男の子と違って、よく喋《しゃべ》る。黙れ、と怒鳴《どな》りたくなることもある」

柘植が口許《くちもと》を歪《ゆが》めた。笑ったのだろう。軍兵衛は腰を浮かせて徳利を手にした。道場の玄関口辺《あた》りに、何者かの気配がした。軍兵衛は、構わず己の湯飲みに酒を注いだ。徳利から出た酒が、音を立てて湯飲みに流れ込んだ。

「調べは進んでいる」

と軍兵衛が言った。栢植は、軍兵衛を見ていた。

「《山城屋》だが、商いの方はとんとん、というところらしい。にも拘《かか》わらず、随分と余裕のあることをしている。金の出所を知りたいものですな」

「儂《わし》も聞きたい」

「いいですな」

「出て参れ」と栢植が、大声《たいせい》を発した。

数瞬の間を置いて、道場の前後の出入り口から、五人の者が二手に分かれて現われた。望月と小寺、笠原に川尻、そして阿久津であった。

五人は左右に分かれると、向かい合う栢植と軍兵衛の左右に座った。栢植の右前から望月、小寺、左前から笠原、川尻、阿久津の順である。

顔触《かおぶ》れを見た栢植が、其《そ》の方らか、と呟《つぶや》くように言った。

「番所にある絵図面を見て、武家屋敷に忍び込み、盗んだ金子《きんす》を《山城屋》に渡す。それを《山城屋》が組の者に貸し付けた。そうだな？」

望月は頷《うなず》くと、ひとつだけ申し上げます、と栢植に向き直った。

「決して、私利私欲《しりしよく》で動いていたのではございません」

「そのような言い訳が通ると思うておるのか。詰まるところは、己らの暮らしを楽にするための所業《しょぎょう》。私利私欲ではないか」

「やはり、組頭には分かっていただけないのです」小寺が強い口調で望月に言った。

「浅慮《せんりょ》とは思わなんだか」柘植が板床を叩《たた》いた。

「自身番《じしんばん》の者を殺したことは、何と言い訳するつもりなのだ?」軍兵衛が言った。

「あれは……正直、悩みました。しかし、我らで話し合い、止《や》むなし、と割り切ったのです」

「桜井殿から目を逸《そ》らさせるためか」軍兵衛が重ねて訊いた。

「……そうです」望月が答えた。川尻と小寺と阿久津が、軍兵衛を睨《ね》め付けた。

「それだけのために、三人も殺したのか」

「桜井は、何ゆえ殺したのだ?」柘植が尋《たず》ねた。

「桜井様は、我らの行ないに気付かれたのです。何とか本意《ほんい》を分かってもらおうと話したのですが、どうしても首を縦には振ってもらえず……」

「だから殺し、溝川《どぶがわ》に捨てたと申すのか」

「もう、引き返せぬところに来ていたのでございます」望月が言った。

「とんだ空《うつ》けどもだな」軍兵衛が大仰《おおぎょう》に首を振った。

「空けとは何だ」小寺が叫んだ。

「教えてやろう。馬鹿者《ばか》のことだ」

「ぬっ！」小寺と阿久津が身構えた。川尻が鯉口《こいぐち》を切ろうとして、刀から手を離した。

「痛そうだな」軍兵衛は川尻の右手を顎《あご》で指《さ》した。

「あの時に殺しておけばよかった。恩情は徒《あだ》よな」小寺が言った。

「恩情とは聞き捨てならねえな。風魔の得物《えもの》をこれ見よがしに落とし、矛先《ほこさき》を躱《かわ》そうとまでしやがったくせによ」

「たかが町方相手に手傷を負うとは、抜かったわ」川尻の 唇《くちびる》 の端から涎《よだれ》が糸を引いて垂れた。

「抜かったんじゃねえ。腕が劣《おと》ってただけだ」

「小頭っ！」小寺が叫んだ。

「致し方ございません……」望月が柘植に言った。

「これまでだな」柘植が言った。

望月と笠原が柘植の方に膝《ひざ》をにじった。小寺と阿久津が、そして右手甲を負傷している川尻が、軍兵衛に向かい、身構えた。

柘植と軍兵衛の大刀《たち》は、それぞれの背後に置かれている。探り取る余裕はない。だが、元より軍兵衛は大刀を当てにしてはいなかった。道場とは言え、野っ原ではない。しかも、相手は伊賀の強者《つわもの》だ。大刀を用いて大振りするより、短い得物で素早く動いた方が活路を見出《みいだ》せるはずだった。脇差と、背帯に差した十手《じって》。それにこの日は、懐《ふところ》に鉤付《かぎつ》きの得物を忍ばせていた。この用心深さがある限り、俺は死なねえ。その思いが、軍兵衛に微《かす》かなゆとりを与えていた。

「汝《うぬ》に勝ち目は、ない」阿久津が軍兵衛に言った。

「やって見なければ分からねえだろうが」

「分かる」

「やはり、空けだな」

望月と笠原が、柘植の動きに先んじようと構えた。川尻が直《す》ぐさま軍兵衛の背後を断とうと、飛び出す瞬間《とき》を計っている。じり、とした時が流れた。

組屋敷の木戸が、遠くで開いた。

「煮豆の御用はございませんか」棒手振《ぼてふり》の煮豆屋の声だった。

「寄って下さいな」

「へい、毎度」

「今日は気持ちのよい日和《ひより》ですね」

「まったくで」

声が徐々《じょじょ》に近付いて来る。

阿久津の額《ひたい》に粟《あわ》のような汗が浮いた。小寺の手が微かに震えている。

道場の隣の組屋敷の木戸が開いた。棒手振の足音が間近に聞こえた。

「煮豆屋でございます。御用は……」

次の瞬間、阿久津が奇声を発して刀に手を掛けた。鞘《さや》から刀身が滑り出そうとした刹那《せつな》、軍兵衛の懐から飛び出した鉤付きの得物が阿久津の咽喉《のど》を捉《とら》えた。阿久津の足が徳利を蹴《け》った。小寺が跳《は》ね起きながら、一刀を抜き払った。

軍兵衛は阿久津に跳び掛かると、小寺に向かって突き飛ばした。小寺の剣が阿久津の腕を斬り、腹に食い込んだ。あっ、と息を吞《の》んでいる小寺の胸を、大きく踏み込んだ軍兵衛の脇差が深々と斬《き》り裂いた。

阿久津が咽喉を突かれたのと同時に、笠原は柘植に斬り掛かっていた。右に撥《は》ねて躱《かわ》し、望月の脇に回った柘植が、望月に剣を返す暇を与えず、脇差を顎下《あごした》から脳天に突き刺した。望月が身体《からだ》を震わせながら、直立している。笠原が叫びながら、柘植に突きを入れた。剣は、望月の身体を刺し貫いて止まった。柘植が咄嗟《とっ》さ《さ》に、望月の身体を盾にしたのだ。笠原は柄《つか》を放すと、脇差に手を掛けた。

愚か者めが。

柘植は、望月から抜き取った脇差で、笠原を袈裟《けさ》に斬り捨てた。

血飛沫《ちしぶき》の中、立ち後れた川尻が左手で刀を抜こうとしている。その腕を軍兵衛の十手が打った。膝を突き見上げた川尻の横っ面に、再び十手が飛んだ。ぐにゃりとした手応《てごた》えを残し、川尻が頽《くずお》れた。

「八丁堀も、やるものだな」柘植が、返り血を拭《ぬぐ》いながら言った。

「こんなことは朝飯前よ」

「信じよう」

「どうした？」

「信じる必要はねえ。俺もあんたを信じねえ」

「あんたは座る時、刀を背に置いた。礼儀として、俺もそうした。あれは、あわよくば、俺を斬らせちまおうって魂胆《こんたん》だったんだろう？」

「だとしたら？」

「俺を甘く見るなってことだ」

「そうか」

「やはり、付き合いたくねえな、あんたとは」

「儂もだ」

柘植は、脇差に血振りをくれると鞘に納め、参ろう、と言った。

「この者どもを操った者のところだ」

軍兵衛の言ったことは、まったく意に介していない口振りであった。軍兵衛も己が口にしたことを忘れたかのような口調で訊いた。

「鑿《さく》の、持ち主か」

「そうだ」

ふたりはそれぞれの大刀を拾い上げ、腰に差した。

二

柘植が先に立ち、道場を出た。

騒ぎに気付いた者たちが、組屋敷から出て来ている。柘植は構わずに歩いて行く。

「あのままで、よいのか」軍兵衛が訊いた。

「手は打ってある」

柘植に続いて歩き始めると、蕎麦屋《そば》の二階に待たせていた千吉らが駆け寄って来た。

「旦那《だんな》、どちらへ？」

「鬘の持ち主んところだ」

「分かったんで？」

「連れて行ってくれるそうだ」軍兵衛が前を行く柘植を目で指した。

頷いて下がろうとした千吉が、軍兵衛の羽織《はおり》の血に気が付いた。

「旦那、袖《そで》に血が……」

「付いてたか。気にするな」

「中で……？」千吉が刀を交えるような格好をした。

「五人ばっかし死んだ」

「五人も」

「そいつらの黒幕のところへ行こうって訳だ。おとなしく付いて来い」

横町を四つ曲がると、寺の居並ぶ通りに出た。

正面に見えるのは、西念寺であった。柘植は真っ直《まっす》ぐ西念寺に向かっている。

「旦那、ここは……」千吉が言った。

「待ちぼうけばかりで済まねえが、待っていてくれ」

軍兵衛は千吉らを寺門の外に残すと、栢植の後から門内に入った。

敷石伝いに歩いていた栢植が、左に折れ、砂利道を進んだ。

幾《いく》つかの塔頭《たっちゅう》が並んでいる。西念寺の子院である。

栢植は何も言わず、孤月庵の門を潜《くぐ》った。敷石には水を打った跡があった。砂利も洗われているのか、塵《ちり》ひとつ落ちていない。軍兵衛も黙って栢植の後に続いた。

栢植が玄関前に吊《つる》されている魚板《ぎょばん》を木槌《きづち》で叩《たた》いた。

修行僧らしい年若の者が、奥から現われた。

伊賀者の組頭である栢植とは顔馴染《かおなじみ》なのだろう、栢植は名乗りもせずに、用向きを口にした。

「覚全様にお目に掛かりたい。お取り次ぎを願う」

「お待ちでございます」

「そうか……」栢植が軍兵衛を見た。軍兵衛も栢植を見た。

「お上がり下さい」

僧の後から廊下を行くと、不意に視野が開けた。

狭いが、手入れの行き届いた庭に出たのだ。庭伝いに奥へと向かった。

奥の間に、巌《いわお》のような僧がいた。白い衣の上に黒い法衣《ほうえ》を纏《まと》っている。

柘植に続いて軍兵衛も奥の間に入った。

覚全が軍兵衛を見た。

柘植が、北町奉行所の、と軍兵衛の身性《みじょう》と名を告げた。覚全が掌《て》を合わせた。

「お待ちいただいていた、と伺いましたが」

「そろそろではないか、と思い、待っていた」

「成敗《せいばい》しました」柘植が言った。

「左様《さよう》か」覚全は左腕に回し掛けていた数珠《じゅず》を両の親指に掛け、低い声で念仏《ねんぶつ》を唱《とな》えた。

「何ゆえ、此度《こたび》のことに加わったのですか」柘植が訊いた。

「加わったのではない。拙僧が誘ったのだ」

「やはり」柘植は頷くと、訊いた。

「明屋敷の絵図面のこと、どのようにしてお知りに？」

「いつだったか、横田左兵衛が口にしたのだ。絵図面さえ見られれば、どんな屋敷にも忍び込める、とな。無論《むろん》、横田は忍び込もうなどとは、露程《つゆほど》にも思わなかったのであろうが……。横田の死後、皆を誘って始めた」

覚全が腕を左右に広げた。僧衣の袖が風を孕《はら》んでふわりと膨《ふく》れ、沈んだ。

「今の伊賀者は、腑《ふ》抜《ぬ》けだ。何ゆえ技量《ぎりよう》に見合った俸禄《ほうろく》を寄越せ、と言わぬのか。何ゆえ黙り込み、極貧の暮らしを受け入れ、堪《た》え続けているのか」

覚全はこめかみに青い筋を奔《はし》らせながら、尚《なお》も言った。

「先祖の戦働《いくさばたら》きで得た高禄《こうろく》の上に胡坐《あぐら》を掻《か》き、惰眠《だみん》を貪《むさぼ》っている大名や旗本どもから、一椀《ひとわん》の粥《かゆ》を得るために、余剰の金を頂戴《ちようだい》する。それの、どこが悪いのか。己に技量があれば、夜盗《やとう》に襲われることもないではないか。盗まれること自体、己の才のなさを露呈《ろてい》するものではないか。だから、奴どもに一泡も二泡も吹かせてやれ、と言うたのだ」

「そんな戯言《たわごと》が通るとでも思っているのか」軍兵衛が言った。「そなたら町方には、伊賀者の苦しみは分からぬ。付届《つけとどけ》などで潤《うるお》うそなたらから見れば、馬鹿げたことを、と思うかもしれぬ。が、伊賀者は日々の暮らしにも事欠き、病を得れば、それこそ餓死《がし》するしかないような窮状《きゆうじよう》に甘んじていなければならない。拙僧は、そんな伊賀者たちをいやと言う程見て来た」

「それ以上言うても詮無《せんな》きこと。それまでだ」柘植が言った。

「拙僧を捕えようと言うのか」覚全が微かに笑った。

「御坊に引導《いんどう》を渡すために、罷《まか》り越したのだ」柘植が言った。

「この企《くわだ》ては、伊賀者すべてを救うものぞ。そなたとて、不如意《ふにょい》な暮らしには飽き飽きしているであろう。金を蓄《たくわ》え、皆の暮らしに役立てるのだ」

「……既にお覚悟はついているものと思うておりました。だからこそ、待っておられたのではないのですか」柘植が言った。

「捕まりはせぬ。悪足搔《わるあが》きと言われようと、拙僧は、儂は、抗《あらが》う」

覚全は背に隠していた鑿を取り出した。一尺（約三十センチ）はある長い針の先に、鋭い切っ先が光っていた。

「鑿の扱いを、何時《いっ》習われた？」立ち上がり、間合を取って、柘植が訊いた。

「小僧の時だ。教えてくれた師は、托鉢《たくはつ》の旅の途中、風邪《かぜ》を拗《こじ》らせ、亡くなられた」覚全もゆっくりと立ち上がった。

「それで、鑿を使うとは誰も知らなかったのか」

「得物は明かさぬ。それが忍びというものだ」

「御坊は忍びなのか」軍兵衛が言った。

「伊賀者たちの苦しみを見て来ただけではない。実を申せば、儂も伊賀国は名張《なばり》の伊賀者の家に生まれたのだ。兄がいたので、幼い時に寺に入れられたが、その後一家は困窮のうちに死に絶えた……」

覚全はひとつ息を吸うと、続けた。

「儂は僧に育てられた。その僧が師であり、忍びであった。師亡き後は、教えられた通りの修行をたゆむことなく続けた。そして、忍びの技を身に付けたのだ。役に立った。これまでにも、な」

「つまらねえものを教えたもんだな」軍兵衛が吐き捨てるように言った。

「…………」

覚全の目に焔《ほむら》がよぎった。軍兵衛を見据えている。眼差《まなざ》しが絡み合った。

「これは伊賀者の仕置《しおき》。手出し無用」

柘植の叫びに併《あわ》せて、軍兵衛に跳び掛かろうとした覚全に、開いた襖《ふすま》の陰と庭の三方から縄が飛んだ。

縄は覚全の両手と片足に巻き付いた。縄が引かれた。

縄の端を摑んだ三人が、それを手繰《たぐ》りながら柘植を促した。

柘植は覚全の口に刀の切っ先を押し込むと、そのまぐい、と貫き通した。

覚全の口から溢《あふ》れ出した血が、畳に落ち、見る間に広がった。柘植が刀を抜き取った。縄が波打ち、手と足から離れ、覚全が血の海に落ちた。

「すべて見届けた」と三人が言った。

三人は軍兵衛を見、

「明屋敷番組頭、岡野博太郎《おかのひろたろう》」

「同じく組頭、霜鳥有右衛門《しもとりありえもん》」

「同じく組頭、浅井克助《あさいかつすけ》」

名乗ると、後の始末は任せた、と柘植に言い、塔頭から姿を消した。

「すべて、と言っていたが、道場の時にもいたのか」

「勿論だ」

「なぜ、出て来なかった？」

「鷲津殿はともかく、儂の腕があの望月らに劣ると思うか」

「何……」

喰《く》えねえ奴らだ。軍兵衛は、思わず組頭たちが去った庭先に目を遣った。

「鷲津殿も、引き上げられるがよかろう」柘植が言った。

「後始末はいいのか」

「こちらで、やる」

「分かった」

軍兵衛も塔頭を出た。

西念寺の門まで行くと、千吉らが転がるようにして物陰から飛び出して来た。

「片《かた》は付いた。皆、死んだ」

門の中を覗き込もうとする千吉らを止め、

「俺たち町方の役目じゃねえ。帰るぞ」怒ったように言い、軍兵衛はずんずんと歩き始めた。

「帰るって、奉行所でやすか」千吉が訊いた。

「そうだ。まだ《山城屋》が残っているだろうが」


島村恭介の許しを得、《山城屋》に出向いた軍兵衛だったが、店の中にはひとっ子ひとりいなかった。蔵の中の蠟燭《ろうそく》などはそのままになっている。

「逃げやがった」

千住《せんじゆ》に板橋《いたばし》、内藤新宿《ないとうしんじゆく》に品川《しながわ》と四宿に急ぎ追っ手を走らせたが、《山城屋》らしい者は通っていなかった。

「どこかに隠れやがったな」

江戸市中に捕方が配された。

その翌朝。七ツ半（午前五時）――。

芝口西側町の自身番の前に、顔を潰《つぶ》された覚全の死骸《しがい》が投げ捨てられていた。これなるは、先月晦日《みそか》、三人の者を殺《あや》めし者なり、という札《ふだ》が立てられていた。

また、安芸国広島、浅野家の中屋敷の門前には、家士《かし》二名を手に掛けた者として、望月以下五人の、やはり顔を潰された死骸が打ち捨てられていた。こちらは、逸早《いちはや》く気付いた浅野家が死骸を処理したため、騒ぎにもならなかったが、自身番の方は大騒ぎとなった。

一連の事件《こと》の詳細をお調書に記すため、月番である南町奉行所の臨時廻《りんじまわ》り同心が、北町奉行所を訪ねて来た。

応対した島村恭介が、詳しい話は、と鷲津軍兵衛の名を挙げると、

「何も訊かずに、帰ってしまった」

友納馬之助《とものうまのすけ》という同心に心当たりはないか、と訊かれたが、『寒の辻』の一件の時にいじめてやったとも言えず、軍兵衛は空《そら》っ惚《とぼ》けることにした。それ以上島村は何も言わなかったが、溜息《ためいき》を吐《つ》きながら背を向けたところを見ると、どうやらお見通しであるらしい。

そして、二日が経《た》ち、十五日になった。

軍兵衛の許に、根津三の親分から知らせが入った。盗まれた品々が見付かったのだ。

「堀に舫《もや》っていた舟など、人目に付かぬところに捨てられていたそうでございます」

届けに来た平三郎は、それだけ言って奉行所から戻って行った。

届けられた品の中に、加賀前田家の文箱《ふばこ》があった。軍兵衛は、例繰方《れいくりかた》の詰所《つめしょ》にいた周一郎を呼び出すと、

「浅川の萬の字に」と言った。「届けてやれ」

「私は、まだ本日の御役目が終わっておりません」

「構わねえ。島村様に言っておく」

「それでは、示しが付きません」

「そんなものは付かなくていいんだ」

「行け」と加曾利が言った。

「私も許可します。届けてやりなさい」宮脇信左衛門が言った。

「では」周一郎の頬《ほお》が笑み割れた。

走り出そうとした周一郎に、駆けるな、と加曾利が叫んだ。武士《もののふ》は滅多《めった》なことでは走らぬものだ。

玄関に出て来た周一郎を目敏《めざと》く見つけた千吉が、新六に言った。

「お供しろい」

周一郎と新六が、奉行所の潜り戸を抜け、前田家の下屋敷へと飛び出して行った。

根津三から届けられた品は、他にもあった。懐剣《かいけん》に手文庫など、すべてにそれぞれの家紋が付いていた。

「孫四郎が届けたってぇ浅野様の手文庫の他は、殆《ほとん》どここにあるようだな」品物を確かめながら、軍兵衛が言った。

「軍兵衛、任せた」と加曾利が言った。

「鷲津さんが、届けに行かれるのですか」宮脇が訊いた。

「俺じゃねえ。もっと顔の広い御方がいる」

軍兵衛は、供に立とうとする千吉を押し止《とど》め、ひとり火附盗賊改方《ひつけとうぞくあらためかた》の役宅に向かった。

玄関に出迎えた土屋藤治郎が、布の袋を担《かつ》いでいる軍兵衛を見て、

「何事ですか」と尋ねた。「まるで布袋様《ほていさま》ではありませんか」

「大名家と旗本家から盗まれた品を取り返して来たのですが、御殿様は？」

中奥に通されると、

「丁度よいところへ来た」と言って松田善左衛門が、酒を付き合うように言った。「話があったのだ」

松田は、軍兵衛に朱塗りの杯を手渡すと、飲め、と促してから、

「何事もなかったのだ」と言った。「覚全坊などは初めからおらず、孤月庵もなかった」

「…………」軍兵衛は杯を返し、聞き入った。

「伊賀者で死んだのは、桜井なにがしのみ。一度に多くの人死にが出たとなると、留守居役《るすいやく》や老中《ろうじゅう》の不審を招くからな。他の者は死んだことになっておらぬし、ことの次第を知っているのも、儂らと柘植ら数名だけだ」

「柘植殿は？」

「そのままだ。それが、伊賀者だ」

松田は再び杯を満たし、軍兵衛に勧《すす》めた。

「柘植から、高橋家の床下を探りに行った訳など、聞いた。ようもふたりで、儂を手駒《てごま》のように使ってくれたな」

「申し訳ございませんでした」軍兵衛が低頭した。

よい、よい。松田は機嫌よく手を横に振ると、それよりも、と言った。

「《山城屋》のことだが、見事に姿をくらましたそうだな」

「《山城屋》がどのような役割を果たしていたのか、その辺《あた》りもご存じで」

「柘植から聞いた」

「そうですか」

「恐らくは、道場に赴く前に望月らが《山城屋》に急を知らせたのであろう。それで、即座に動いたのだな。しかし、いつまで逃げられるかな」

松田は、手酌《てじゃく》で注いだ酒を飲み干すと、続けて言った。

「武家屋敷から盗み出した金子は、すべてではなくとも返さねばならぬし、破戒《はかい》僧どもが殺めた者の遺族には、何らかの償《つぐな》いをせねばならぬであろうからな。伊賀者が《山城屋》を捨て置くはずはないであろう。いずれにしろ、儂らの与《あずか》り知らぬところだがな」

「はい……」

「この一件」と松田が訊いた。「奉行所では、どう収めるつもりだ?」

「収めるも何も、悪い奴どもは皆、死んでしまいましたから、調べようが」

「ないか」

「ございません」

「鷲津軍兵衛なら、そう申すであろうと柘植に言っておいた」

「御殿様が火盗改方の時でようございました」

松田は軽く鼻で笑うと、軍兵衛が持って来た布袋に目を転じ、すべて持ち主に当方から返しておくゆえ、心配するな、と言った。

「まあ、今日は飲んで行け。極上の酒が手に入ったのだ。美味《うま》かろう?」

「まさか、例の遣り方で……」

「旗本にな、あまりに素行の悪いのがいたので、ちょいと脅《おど》かしたのだ。するとな、酒が来た。因果《いんが》の程は知らぬ」

「いただきましょう。今日飲むのには、ぴったりの酒のようです」

「そうか、そうか」松田が、嬉《うれ》しそうに笑い声を上げた。

土屋藤治郎が、首を左右に振りながら、松田と軍兵衛を交互に見詰めていた。

注・本作品は、平成二十一年九月、ハルキ文庫（角川春樹事務所）より刊行された、『明屋敷番始末　北町奉行所捕物控』を著者が加筆・修正したものです。

一〇〇字書評

切り取り線

購買動機（新聞、雑誌名を記入するか、あるいは○をつけてください）	
□（　　　　　　　　　　）	の広告を見て
□（　　　　　　　　　　）	の書評を見て
□ 知人のすすめで	□ タイトルに惹かれて
□ カバーが良かったから	□ 内容が面白そうだから
□ 好きな作家だから	□ 好きな分野の本だから

・最近、最も感銘を受けた作品名をお書き下さい

・あなたのお好きな作家名をお書き下さい

・その他、ご要望がありましたらお書き下さい

住所	〒				
氏名		職業		年齢	
Eメール	※携帯には配信できません	新刊情報等のメール配信を 希望する・しない			

この本の感想を、編集部までお寄せいただけたらありがたく存じます。今後の企画の参考にさせていただきます。Eメールでも結構です。

いただいた「一〇〇字書評」は、新聞・雑誌等に紹介させていただくことがあります。その場合はお礼として特製図書カードを差し上げます。

前ページの原稿用紙に書評をお書きの上、切り取り、左記までお送り下さい。宛先の住所は不要です。

なお、ご記入いただいたお名前、ご住所等は、書評紹介の事前了解、謝礼のお届けのためだけに利用し、そのほかの目的のために利用することはありません。

〒一〇一−八七〇一
祥伝社文庫編集長　坂口芳和
電話　〇三（三二六五）二〇八〇

祥伝社ホームページの「ブックレビュー」からも、書き込めます。
http://www.shodensha.co.jp/bookreview/

祥伝社文庫

明《あけ》屋《や》敷《しき》番《ばん》始《し》末《まつ》　北町《きたまち》奉行所《ぶぎょうしょ》捕物《とりもの》控《ひかえ》

令和 元 年 7 月 20 日　初版第 1 刷発行

著　者　長谷川《はせがわ》　卓《たく》
発行者　辻　浩明
発行所　祥伝社《しょうでんしゃ》
東京都千代田区神田神保町 3-3
〒 101-8701
電話　03（3265）2081（販売部）
電話　03（3265）2080（編集部）
電話　03（3265）3622（業務部）
http://www.shodensha.co.jp/

印刷所　堀内印刷
製本所　ナショナル製本
カバーフォーマットデザイン　中原達治

Printed in Japan ©2019, Taku Hasegawa ISBN978-4-396-34548-8 C0193

祥伝社文庫の好評既刊

長谷川 卓 **風刃《ふうじん》の舞《まい》** 北町奉行所捕物控①

無辜の町人を射殺した悪党、商家を皆殺しにする凶悪な押込み……。臨時廻り同心・鷲津軍兵衛が追い詰める!

長谷川 卓 **黒太刀《くろだち》** 北町奉行所捕物控②

斬らねばならぬか——。人の恨みを晴らす義の殺人剣・黒太刀。探索に動き出した軍兵衛に次々と刺客が迫る。

長谷川 卓 **空舟《うつろぶね》** 北町奉行所捕物控③

鷲津軍兵衛に、凄絶《せいぜつ》な突きが迫る!正体不明の《絵師》を追う最中《さなか》、立ちはだかる敵の秘剣とは!?

長谷川 卓 **毒虫** 北町奉行所捕物控④

地を這《は》うような探索で一家皆殺しの凶賊を追い詰める軍兵衛ら。そんな折、かつての兄弟子の姿を見かけ……。

長谷川 卓 **雨燕《あまつばめ》** 北町奉行所捕物控⑤

己をも欺《あざむ》き続け、危うい断崖《だんがい》に生きる女の儚《はかな》き純な恋。互いの素性《すじょう》を知らず惹《ひ》かれ合う男女に、凶賊の影が!

長谷川 卓 **寒《かん》の辻** 北町奉行所捕物控⑥

浪人にしつこく絡んだ若侍らは、人違いから別人を殺《あや》めてしまう——管轄違いの一件に軍兵衛は正義を為《な》せるか?

祥伝社文庫の好評既刊

〈祥伝社文庫　今月の新刊〉

江上 剛
庶務行員 多加賀主水《たかがもんど》がぶっ飛ばす
主水、逮捕される!?　町の人々を疑心暗鬼に陥れる、偽の「天誅」事件が勃発！

安達 瑶
報《むく》いの街 新・悪漢刑事《わるデカ》
帰ってきた〝悪友〟が牙を剝く！　元ヤクザが関与した殺しが、巨大暴力団の抗争へ発展。

小野寺史宜
家族のシナリオ
本屋大賞第2位『ひと』で注目の著者が贈る、〝普通だったはず〟の一家の成長を描く感動作。

沢里裕二
危《あぶ》ない関係 悪女刑事《デカ》
ロケット弾をかわし、不良外人をぶっ潰す！　警視庁最恐の女刑事が謎の失踪事件を追う。

今村翔吾
双風神《ふたつふうじん》 羽州ぼろ鳶《とび》組
「人の力では止められない」最強最悪の災禍。火炎旋風〝緋鼬〟が、商都・大坂を襲う！

小杉健治
虚《うつ》ろ陽《び》 風烈廻り与力・青柳剣一郎
新進気鋭の与力＝好敵手が出現。仕掛けられた狡猾な罠により、青柳剣一郎は窮地に陥る。

長谷川 卓
明屋敷番《あけやしきばん》始末 北町奉行所捕物控
「太平の世の腑抜けた武士どもに鉄槌を！」鍛え抜かれた忍びの技が、鷲津軍兵衛を襲う。

尾崎 章
替え玉屋 慎三
化粧と奸計で〝悪〟を誅する裏稼業。〝成りすまさせて〟御家騒動にあえぐ小藩を救え！